Hans Scheibner
Wohin mit Oma?

Hans Scheibner

Wohin mit Oma?

Weihnachtsgeschichten

Mit Illustrationen von
Heidrun Boddin

List

List ist ein Verlag
der Ullstein Buchverlage GmbH

ISBN 978-3-471-35039-3

Gesetzt aus der Swift
Satz: LVD GmbH, Berlin
Druck und Bindearbeiten: CPI – Clausen & Bosse, Leck
Printed in Germany

Inhaltsverzeichnis

Vorwort

Weihnachten kommt jedes Mal wie eine Naturkatastrophe.

Niemand hat damit gerechnet.

Allerdings: Nach höchstens zwei Tagen ist der Spuk dann auch schon wieder vorbei.

Hier sind wieder einige typische Weihnachtsdramen, Komödien und Tragödien. Denn Weihnachten drängen sich ja die großen Menschheitsprobleme jedes Mal zu einem einzigen Schauspiel zusammen. Die großen Probleme, wie zum Beispiel: Rotkohl zur Weihnachtsgans oder Grünkohl? War der Heilige Josef überhaupt bei der Schwangerschaftsgymnastik? Muss man das Nichts-schenken-Versprechen tatsächlich einhalten? Ist Lametta out für immer? Darf man seiner Frau noch einen Nähkasten schenken? Ist Oma wirklich tüdelig? Darf man einen Hund zu Weihnachten verschenken und wenn ja – mit oder ohne Verpackung? Sind vier Weihnachtsfeiern pro Tag schon gesundheitsschädlich?

Über allem aber und vor allem jedes Jahr von Neuem die große Frage:

Wohin mit Oma?

Julklapp, Engel und Kinder kriegen

Wohin mit Oma?

Seit ihrem gemeinsamen Weihnachten auf Mallorca vor einem Jahr waren Mathilde Maltzahn und ihre Nachbarin Katharina Beerbaum enger befreundet. Nachdem Mathilde im Oktober bei ihrer Freundin an der Tür geläutet hatte, schwelgten die beiden wieder in Erinnerungen an ihr Mallorca-Weihnachten.

Katharina holte den Eierlikör raus, den sie seitdem des Öfteren mal zusammen »schnasselten«, wie sie das nannten.

»Ja, Mathilde, ich denke immer noch daran, wie mein Sohn und meine Tochter entsetzt waren, als sie plötzlich feststellten, ihre Mutter ist nach Mallorca abgehauen. Ich könnt mich heute noch kaputtlachen.«

»Ja, weißt du noch? Wie wir uns Heiligabend amüsiert haben?! Die Feuerwehr musste kommen, deine Tür haben sie aufgebrochen, weil sie dachten, du hast dich umgebracht.«

»Ja, das war schon eine schöne Geschichte. Aber diesmal, Thilde, sei mir bitte nicht böse, diesmal kann ich nicht mit nach Mallorca kommen. Ich kann dir auch leider noch nicht sagen, warum. Es ist alles noch so neu. Aber ich gebe dir Bescheid, wenn die Zeit reif ist.«

Die Flasche Eierlikör schnasselten die beiden Nachbarinnen trotzdem zusammen aus.

Von dem üblichen Einkaufsstress und Familien-Irrsinn in der frühen Vorweihnachtszeit bekam Katharina dies-

mal fast gar nichts mit. Sie schwebte auf Wolke sieben, Weihnachten war noch ganz weit weg für sie.

Bereits im Oktober sprach Katharinas Sohn Klaus das Thema »Weihnachten – wohin mit Oma?« seiner Frau Inge gegenüber wieder an. Diesmal aber nicht, um die Oma loszuwerden. Im Gegenteil: »Du weißt, Inge, diesen Heiligen Abend kommt meine Mutter zu uns!«

»Ach so?«, sagte Inge, »aber eigentlich ist doch deine geliebte Schwester Jessica dran. Wir hätten eigentlich omafrei.«

»Hör auf, sprich nicht so über meine Mutter. Es war einfach ein Missverständnis vorige Weihnachten. Ich musste annehmen, sie geht zu Jessica. Jetzt soll sich Jessica bloß nicht aufspielen. Nein, Oma kommt zu uns. Und basta!«

»Ja, ja, ist ja gut«, sagte Inge, »richtig rührend, wie du deine Mutter plötzlich wieder lieb hast.«

Genau um diese Zeit sprach auch Katharinas Tochter Jessica mit ihrem Mann Manfred über das Thema: »Ist dir doch klar, dass meine Mutter diesen Heiligen Abend bei uns ist. Das kommt mir nicht noch einmal vor, dass sie nach Mallorca fliehen muss, weil mein famoser Bruder sie nicht haben will. Ich hatte solche Angst, dass sie sich umgebracht hat. Diesmal kommt sie zu uns, Manfred. Keine Diskussion.«

»Ja, ist ja gut«, sagte Manfred, »aber Klaus hätte die Chance, die Scharte wieder auszuwetzen. Dann hätten wir noch mal omafrei.«

»Kommt nicht in Frage. Und mein Bruder soll sich ja nicht einfallen lassen, sie uns wegzunehmen. Da kann er was erleben!«

Was aber war nun eigentlich Katharinas ominöses Geheimnis, über das sie noch nicht sprechen wollte? Wer Katharina kannte, hatte längst bemerkt, dass sie inzwischen eine ganz andere geworden war. Sie war, wie man so sagt, richtig aufgeblüht.

Dabei hatte das Jahr gar nicht so gut angefangen. Drei Wochen lang musste Katharina im März ins Krankenhaus. Das war eine dramatische Geschichte gewesen. Mathilde hatte sie drei-, viermal im Krankenhaus besucht. Da lag die Freundin noch mit einem verbundenen Arm und einem hochgelegten Fuß im Bett. Drei junge Leute hatten versucht, ihr die Handtasche zu entreißen, als sie aus dem U-Bahnhof kam. Katharina hatte sich aber gewehrt und war von den Kerlen auf die Straße gegen den Bordstein geschleudert worden. »Gott sei Dank, dass der Taxifahrer die Banditen in die Flucht geschlagen hat. Und meine Tasche haben die auch fallen lassen.«

Aber das war nun ausgestanden. Und Katharina war fit und lebhaft wie lange nicht. Am Wochenende ging sie kaum noch wie sonst immer zum Friedhof, um ihren Heinz zu begießen beziehungsweise sein Grab. Stattdessen ging sie fast jedes Wochenende »up'n Swutsch«, wie sie das Mathilde gegenüber nannte. »Ich halt's nicht aus in meiner Wohnung«, sagte sie. »Ich will was erleben. Heute geh ich wieder zum Jazz, Mathilde. Willst du nicht mitkommen?«

»Ach, lass nur«, sagte Mathilde resigniert, »ich glaub, dass ist wohl nicht so ganz meine Welt.«

Was aber besonders auffiel: Katharina war eine Woche lang wieder zur Fahrschule gegangen. Dabei hatte sie doch den kleinen Ford, den Heinz immer gefahren hatte, wieder aus der Garage geholt.

»Dass du wieder Auto fährst, Kathi«, staunte Mathilde.

Inzwischen nahm die »Familien-Weihnachts-Organisation« wieder ihren Verlauf. Der Anruf von Klaus war gekommen.

Und der hatte Katharina doch wieder sehr aufgeregt und enttäuscht.

»Wegen Weihnachten, Mutter. Diesmal bist du also herzlich bei uns eingeladen. Du darfst auf keinen Fall zu Jessica gehen. Vorige Weihnachten – das war ein Missverständnis, Mutter, dass du dachtest, wir wollten dich nicht bei uns haben. Du glaubst nicht, wie traurig ich war, dass du nach Mallorca geflohen bist. Also kommst du zu uns. Ist das klar?«

Katharina schluckte einen Augenblick, dann wagte sie es aber doch zu antworten. »Ja, aber wenn nun Jessica darauf besteht? Eigentlich wäre sie doch dieses Jahr dran.«

»Hör auf, Mutter. Das kannst du nicht mit mir machen. Du kommst diesmal zu uns oder ...«

»Oder?«, fragte Katharina – noch ganz schüchtern.

»Oder ich bin dir furchtbar böse. Meine Schwester, dieses Scheusal, ist eine Intrigantin, die wird dich beschwatzen. Aber wehe, du lässt dich rumkriegen.«

»Ist klar«, sagte Katharina, sie zitterte ein bisschen vor Erregung. »Ist mir völlig klar, Klaus.« Und dann mit Bestimmtheit: »Ich gehe dann zu Jessica.«

Und damit legte sie auf.

Erst mal musste sie sich setzen. Was hatte sie denn nun wieder gemacht? Ihren geliebten Sohn Klaus vor den Kopf gestoßen. Aber verdammt noch mal, was sollte denn auch diese Art? Du kommst zu uns und basta! Und wie er über seine Schwester spricht!

»Noch kann ich allein bestimmen, wohin ich Heiligabend gehe. Und überhaupt.« Sie wischte sich die Träne aus dem Augenwinkel und musste auch gleich ein bisschen lächeln. »Ich weiß auch allein, wo ich Heiligabend sein werde.«

Schon tags darauf kam der Anruf von Jessica.

»Eigentlich ist es ja längst geklärt, dass du diesmal Heiligabend bei uns bist. Ich ruf auch nur sicherheitshalber an, falls mein lieber Bruder dich wieder beschwatzen wollte. Er hat ja voriges Mal die ganze Sache verbockt. Also, alles klar, du kommst zu uns, Mutter! Und aus und keine Diskussion. Bei uns bist du auch immer gern gesehen.«

Katharina konnte gar nicht anders. Sie musste einfach sagen: »Aber Klaus hat schon angerufen, Jessica. Es tut ihm alles so leid. Er möchte seinen kleinen Fehler wiedergutmachen und …«

»Das kommt überhaupt nicht in Frage, Mutter. Was heißt hier, kleiner Fehler! Weil ihm sein Geschäftsbesuch wichtiger war, hat er dich voriges Weihnachten vergrault. Ich wäre fast gestorben vor Angst um dich, als du nicht zu Hause warst. Entweder du kommst zu uns, oder …«

»Oder?«, fragte Katharina.

»Oder … oder ich bin dir ewig böse. Ich hasse Klaus. Wir sind doch dran, da kannst du jetzt nicht zu ihm gehen!«

»Also gut«, sagte Katharina, holte noch einmal Luft und dann mit Bestimmtheit: »Ich gehe dann zu Klaus Heiligabend.« Und legte wieder auf.

Sie musste sich zwar auch diesmal wieder setzen. Aber eine Träne vergoss sie nicht mehr. Katharina wunderte sich selbst, dass sie so entschlossen und konsequent sein konnte.

Aber jetzt musste Katharina auch ihr Geheimnis lüften. Abends läutete sie bei ihrer Freundin und Nachbarin Mathilde.

»Bevor du diesmal nach Mallorca fliegst, Thilde, muss ich dir noch etwas erzählen. Und nun holst du mal den Eierlikör raus.«

»Eierlikör hab ich nicht. Kirschlikör oder möchtest du 'ne Williamsbirne?«

»Am liebsten hätte ich einen Persico.«

»Was ist das denn? So was hab ich nicht.«

»Persico, den trinken die Jazzer immer. Schmeckt bisschen wie Jägermeister mit Wermut. Kann man sich aber dran gewöhnen.«

Mathilde schenkte den Kirschlikör ein.

»Also, ich höre.«

»Halte dich bitte fest, meine Liebe ...« Katharina holte noch einmal tief Luft. »Es ist nämlich so: Ich habe mich unsterblich verliebt. Am 20. Dezember werden wir heiraten.«

»Wie? Was?« Mathilde war total verblüfft.

»Ja, Mathilde. Vielleicht bin ich ja verrückt. Aber ich habe so einen lieben Mann gefunden. Ich fühle mich wie zwanzig. Dass mir das noch passieren würde in meinem Alter, das glaubt doch kein Mensch!«

Mathilde atmete noch einmal tief durch.

»Katharina! Ich gratuliere dir«, sagte sie und umarmte ihre Freundin. »Was heißt denn in deinem Alter? Du bist doch noch jung – vor allem im Kopf. Aber wer ist denn nun der Glückliche?«

»Er heißt Harold, Thilde. Es ist der Taxifahrer, der mich im Frühjahr vor den Banausen gerettet hat, die mir die Handtasche klauen wollten. Er ist Musiker, Mathilde. Wenn er nicht Taxi fährt, spielt er in einem Jazzer-Trio, und zwar Trompete und Saxophon. Er ist sogar zwei Jahre jünger als ich. Aber wir lieben uns. Dass mich noch einmal so ein lieber Mann im Arm hält! Davon habe ich doch nicht einmal mehr zu träumen gewagt. Willst du ihn mal sehen? Hier, das ist er!« Sie holte ein Foto aus ihrer Handtasche: Harold, der Trompeter, neben Tom am Bass und Wölfi am Schlagzeug.

Mathilde sah auf das Foto. »O«, sagte sie nur. Dann kamen ihr die Tränen.

»Herzlichen Glückwunsch, meine Liebe. Das sieht dir mal wieder ähnlich! Ich beneide dich.«

Und Katharina plauderte drauflos: »Wir vier sind schon ein richtiges Team. Ich bin nämlich inzwischen die Grandma von den Blue-Boys-Singers. In der Jazzer-Szene kennen sie mich schon.«

»Wieso? Spielst du etwa auch ein Instrument?«

»Nein, Mathilde. Die drei spielen fast jedes Wochenende in kleinen Jazzkellern oder auch mal sonntags morgens zum Frühschoppen.

Harold ist schon vor 30 Jahren mit einer Jazzband aus Kuba rübergekommen und dann hiergeblieben. Vom Jazz allein kann er nicht leben. Darum fährt Harold in der Woche Taxi. Ja, das ist eigentlich schon die ganze Geschichte. Ich bin ein neuer Mensch, Mathilde.«

»Ach, und darum fährst du jetzt wieder Auto? Ich habe wohl bemerkt, dass du dir den alten Ford rausgeholt hast.«

»Ja, muss ich doch. Wie soll Harold denn sonst nach Hause kommen? Nach dem Auftritt dürfen die doch nicht mehr Auto fahren, die Jazzer. Die sind doch meistens nicht mehr so ganz nüchtern.«

»Um Gottes willen, ist er Alkoholiker, dein Harold?«

»Ach, Thilde. Das sind die Jazzer doch alle. Aber ich pass jetzt ein bisschen auf sie auf. ›Kathi sagt, wir haben jetzt genug‹, sagt Wölfi immer. Manchmal bring ich alle drei nach Hause. Und außerdem bin ich für das Catering zuständig.«

»Catering? Was ist das denn?«

»Belegte Brötchen mit Mettwurst und Käse. Aber bloß keine Salatblätter, die werfen sie weg.«

»Prost«, sagte Mathilde. »Kathi, das Jazzband-Groupie! Du glaubst nicht, wie ich dich beneide.«

Als Katharina schließlich wieder in ihre Wohnung zurückgegangen war, musste Mathilde sich an der Flurkommode festhalten. Sie kicherte vor sich hin und summte eine Melodie – klang so ähnlich wie »Reich mir die Hand, mein Leben«. Sie war nicht mehr so ganz sicher auf den Beinen, als sie die Gläser und Teller abräumte.

Dann war der Heilige Abend da. Katharina hatte ihre Wohnung weihnachtlich geschmückt. Ein schöner, aber nicht zu großer Tannenbaum stand in der Ecke. Davor hatte sie Geschenke für ihre Enkelkinder aufgebaut. Es war 17 Uhr. Harold war noch nicht gekommen. Aber Mathilde saß schon bei ihr. Sie hatte diesmal auf Mallorca verzichtet. Dafür war sie Trauzeugin auf dem Standesamt gewesen.

Die beiden Freundinnen saßen auf dem Sofa und tranken diesmal vorsichtshalber nur einen Prosecco.

»Und du bist fest überzeugt, dass deine Kinder und deine Enkelkinder dich heute besuchen?«, fragte Mathilde.

»Da sei man ganz ruhig. Thilde. Ich kenne doch meine Kinder. Die werden schon kommen. Spätestens jetzt haben sie ja gemerkt, dass ich weder bei Klaus noch bei Jessica bin. Und dann schlägt ihnen wieder das Gewissen. Weiß ich doch genau. Gleich telefonieren sie miteinander und kriegen es mit der Angst, dass ich wieder auf Mallorca bin, und dann rufen sie hier an. Du wirst es erleben.«

Im selben Augenblick ging das Telefon.

»Na Gott sei Dank, da bist du ja!«, rief Klaus. »Ich denke, du wolltest unbedingt zu Jessica? Ich hab sie angerufen, weil ich dir wenigstens Frohe Weihnachten wünschen wollte.«

»Klaus, mein Junge. Ich habe eine Überraschung für euch alle. Kommt ihr bitte zu mir, ja? Und bring bitte euren Kleinen mit!«

»Ja, ist gut, wir kommen gern«, sagte Klaus. Es klang erleichtert.

»Und bitte, bring auch euer Weihnachtsessen mit. Ich habe nämlich nur Spekulatius und Schokoladenweihnachtsmänner.«

Katharina hatte richtig gerechnet: Genauso lief es mit Jessica. Natürlich rief die auch an, weil sie ein schlechtes Gewissen hatte.

Dann war die Familie in Katharinas Wohnung beisammen. Und nun kam Omas Überraschung.

Kaum saßen sie alle um den Tisch herum, klopfte es an die Tür.

»Jetzt kommt der Weihnachtsmann«, sagte Oma. Max und Lana, die Enkelkinder, wollten sich erst aufgeregt verstecken. Aber da trat der Weihnachtsmann ein. Was war denn das für ein Weihnachtsmann? Als Erstes spielte er auf dem Saxophon.

»I'm dreaming of a white Christmas.«

Dann sang er die Strophe mit seiner wundervollen Jazzer-Bariton-Stimme:

»Just like the ones I used to know.«

Die Kinder waren entzückt und klatschten in die Hände vor Vergnügen. Jessica, Manfred, Klaus und Inge staunten und dachten: Was soll das denn? Aber dann waren auch sie begeistert von Omas Idee.

»Ein schwarzer Weihnachtsmann, so etwas haben wir ja noch nie gesehen.« Besonders Jessica, die sonst immer gegen allen Weihnachtskitsch wetterte, strahlte: »Ein schwarzer Jazz-Musiker als Weihnachtsmann. Wunderbar! Wo hast du den denn aufgegabelt, Oma?«

Doch zuerst bescherte der Weihnachtsmann die Kinder.

»Hohoho!«, machte er. »I am Santa Claus and I ask you children if you know what a wonderful grandma you have?«

Die Kinder hatten keine Angst, sie lachten über seine komische Aussprache und fröhlich sangen sie zusammen noch:

»O Tannenbaum, wie grün sind deine Blätter!«

Dann ging der schwarze Santa Claus hinaus und legte den Weihnachtsmann-Mantel ab.

Als er wieder hereinkam, ging Katharina zu ihm und legte den Arm um ihn. Was bedeutete das jetzt? Kinder und Enkelkinder sahen die beiden verblüfft an.

»Ja, liebe Kinder«, sagte Oma, »jetzt erst kommt meine große Überraschung. Ich darf euch vorstellen: Das ist Harold! Mein lieber Mann. Wir haben vor vier Tagen geheiratet.«

Harold hob Katharina in seinen starken Armen in die Höhe. Dann setzte er sie wieder ab, nahm sein Saxophon, blies einen Tusch und lachte.

Jessica war vor Schreck aufgesprungen. »Wie bitte, einen Ne…?«, entfuhr es ihr.

»Ganz recht, Jessi, einen Neger«, sagte Oma. »Aber,

pfui! das sagt man doch heute nicht mehr.« Und zu ihren Enkelkindern: »Kinder, das ist euer neuer Opa!«

»Wow!«, sagte Klaus. »Das ist ja 'n Ding!«

»Da kannste was lernen!«, sagte Manfred.

Inge war so begeistert, dass sie Harold ganz aus der Nähe betrachten musste – als wäre er aus Schokolade. Dann gab sie ihm einen Kuss auf die Wange: »Welcome father in law!«

Es wurde ein wunderschöner Heiliger Abend.

Mathilde kamen wieder mal die Tränen. Und Harold musste den ganzen Abend immer wieder »Jingle Bells« und »Stille Nacht« auf dem Saxophon spielen.

Beim Nachhausegehen waren sich Klaus und Jessica wieder mal einig: »Die alten Leute heutzutage – die schrecken aber auch wirklich vor gar nichts mehr zurück.«

An der Eisbahn

»Halt bitte fest.« Vielleicht war sie vier.
Oder höchstens fünf. Und reichte mir
ihre roten Handschuhe, um sich zu bemüh'n,
die Bänder der Schlittschuhe fester zu zieh'n.

Und ich war hier doch nur hergeraten,
weil mein Kopf wie ein Stein war.
Vom Saufen die Nacht durch. Und vom Verraten
besserer Einsichten. Was bitter und klein war.

»Gib wieder her.« Nicht mal Dankeschön.
Ist schon verschwunden in bunten Gestalten.
Wenigstens ist man noch auserseh'n,
einem richtigen Menschen die Handschuh zu halten.

Immer wieder Werner

Immer Heiligabend – schon am Vormittag kommt mein alter Kollege Werner »mal eben vorbei«. Mitten in unseren Weihnachtsvorbereitungen. Meine Frau sagt: »Um Gottes willen, hoffentlich kommt diesmal nicht schon wieder dein Freund Werner. Der macht mich noch wahnsinnig.«

Da klingelt es auch schon.

»Zu Hause halte ich es nicht aus«, sagt Werner. »Diese Hektik. Elisabeth verlangt, ich soll den Tannenbaum schmücken. Aber so wie sie es sich vorstellt. ›Da noch 'ne Kugel und da noch 'nen Kerzenhalter!‹, ruft sie. Und alle sind sie so aufgeregt bei mir zu Hause.«

Ich sage: »Nimm ruhig Platz, Werner. Soll ich dir ein Bier bringen? Ich bin grade damit beschäftigt, den Tannenbaum zu schmücken.«

»Ja mach doch«, sagt Werner, »ein Bier wär nicht schlecht.«

Dann sitzt er gemütlich in meinem Sessel und sieht mir zu, wie ich die Kugeln in den Baum hänge. »Da oben ist noch 'ne Lücke!«, sagt er und zeigt mit der Bierflasche nach oben. »Danke«, sage ich und hänge zwei Kugeln in die Lücke.

»Ich finde, du solltest nicht zu viel solche doofen Engel da reinhängen«, sagt Werner. »Das wirkt so überladen. Aber da links fehlt auch noch irgendwas. Ja, Kerzenhalter fehlen da. Am besten sieht so ein Baum aus, wenn nur Kerzen drin sind, finde ich.«

Meine Frau ruft aus der Küche: »Die Geschenke müssen noch eingepackt werden. Geschenkpapier ist unten im Schrank.«

»Bei mir zu Hause auch«, sagt Werner. »Die packen den halben Vormittag noch die Geschenke ein. Nach der Bescherung werden die dann sowieso gleich wieder ausgepackt – und das schöne Papier kommt in den Müll.«

Ich hole das Geschenkpapier aus dem Schrank. Meine Frau ruft aus der Küche: »Die Geschenke sind im Schlafzimmerschrank.«

»Augenblick«, sage ich zu Werner, »Ich hol nur mal eben die Geschenke aus dem Schlafzimmer.«

»Soll ich helfen?«, fragt Werner und kommt mit ins Schlafzimmer. Ich lade ihm ein Dutzend Geschenke auf. Dann gehen wir zurück ins Wohnzimmer und Werner trinkt wieder sein Bier.

»Ist doch furchtbar, dieser Weihnachtsrummel«, sagt Werner. »Statt dass Lisbeth sich schon mal vierzehn Tage vorher hinstellt und die Geschenke einpackt. Nein, alles in letzter Minute.«

»Ich muss noch los und einkaufen!«, ruft meine Frau aus der Küche. »Ich hab noch nichts für den zweiten Weihnachtstag, wenn Klaus und Ingrid kommen. Und den Karpfen muss ich noch holen. Ich hab Angst, ich werd gar nicht mehr fertig. Was ist mit dem Kinderfahrrad für Lulu?«

Ich schneide die Geschenkpapierbögen zurecht.

»Soll ich dir helfen?«, fragt Werner. Ich gebe ihm eine Schere. Er nimmt die einzelnen Bögen und die Geschenke dazu und wickelt sie ein. Ganz ordentlich macht er das.

»Da müssen noch Bänder drum«, sagt er. Ich hole die bunten Weihnachtskordeln aus der Abseite. Und Werner bindet sie richtig liebevoll um die Geschenkpakete.

»Möchtest du noch ein Bier?«, frage ich.

»Ja, könnte nicht schaden«, sagt Werner.

Meine Frau flitzt durchs Wohnzimmer und raus aus der Haustür.

»Lisbeth läuft immer in allerletzter Minute noch los, um was einzukaufen. Dann kommt sie schwer bepackt zurück und stopft den Kühlschrank und den Tiefkühler voll, dass du denkst, es ist ein Krieg ausgebrochen. Wir essen ja keinen Karpfen. Aber die Gans holt sie auch immer erst auf den letzten Drücker ab.«

Ich sage: »Ich muss noch das Fahrrad abholen für unsere Lulu.«

»Ja, ist ja in Ordnung. Soll ich mitkommen?«

»Warum nicht«, sage ich. Zusammen fahren wir zu unserem Fahrradhändler und holen das Fahrrad für Lulu ab. Es ist generalüberholt und blitzt nur so vor Chrom.

»Gefällt mir«, sagt Werner. »Wird sie sich freuen.«

Wir fahren zurück und Werner sagt wieder: »Nee, aber bei mir zu Hause, dieser Stress, das halt ich nicht aus. Ich hab richtig Angst, Lisbeth dreht noch mal durch dabei. Dabei weiß sie doch schon monatelang, dass Weihnachten kommt. Könnte sich das doch mal ein bisschen besser einteilen.«

»Mein Gott«, ruft meine Frau und rennt wieder durch den Flur und in die Küche. »Ich hab den Kartoffelsalat vergessen. Ich muss sofort wieder los.«

Sie ist bis obenhin bepackt mit allen möglichen Lebensmitteln und stopft den Kühlschrank und den Küchenschrank damit voll. »Ich glaub, ich dreh noch mal durch«, stöhnt sie. »Kannst du bitte schon mal den Tisch decken. Und die Gläser auswischen.«

»Ja, mach ich«, sage ich und hole das Geschirr aus dem Schrank.

»Soll ich helfen?«, fragt Werner.

Dann hilft er mir, die Tischdecke auszulegen und das Besteck richtig zu verteilen. Ich hole ein Tuch aus der Küche, und wir wischen zusammen sechs Gläser aus.

»Ich könnt ja auch in die Kneipe gehen«, sagt Werner. »Aber bei euch ist es immer so nett. Da werde ich immer ganz ruhig, wenn ich hier bei euch sitze.«

Meine Frau kommt zurück und rast in die Küche.

»O Gott, o Gott«, ruft sie. »Ich muss den Karpfen noch ausnehmen und den Nachtisch machen. Haben wir überhaupt noch Rotwein?«

Werner sitzt wieder bei seinem Bier.

»Ich hol den Rotwein aus dem Keller«, sage ich.

»Da kann ich doch mitkommen«, sagt Werner. Im Keller begutachtet er ausgiebig meine Weine.

»Lisbeth schubst mich Heiligabend nur rum zu Hause«, sagt er. »Ich soll noch die Möbel sauber machen und den Tisch decken und die Gläser auswischen und lauter solche Hausfrauen-Sachen. Nur weil sie so im Stress ist.«

Dann trinkt Werner noch sein Bier aus. Geht in die Küche, wo meine Frau mit hochgekrempelten Ärmeln im Karpfen verschwunden ist.

»Frohe Weihnachten!«, sagt Werner. »Ich geh dann mal wieder.«

»Wie bitte?«, fragt meine Frau. »Ach so, ja, ja. Grüß Lisbeth.«

Ich bringe Werner zur Tür, und er verabschiedet sich so richtig herzlich:

»Bei euch bin ich immer gern Heiligabend vormittags. Zu Hause halt ich das einfach nicht aus.« Und geht fröhlich von dannen.

Aber meine Frau sagt: »Der ist ja nicht auszuhalten in seiner Bierruhe. Sieht er denn nicht, dass wir im Weihnachtsstress sind?«

Die Goldene Badewanne

Auf dem Weg zum Adventskaffee mit der Yoga-Gruppe hatte Karen sich die Goldene Badewanne gekauft. In einem extravaganten Seifen- und Parfümerie-Laden. Sie hatte die kleine Goldene Badewanne (also: Keramik mit goldener Lasur) im Schaufenster gesehen und fand sie einfach schön.

Karen hatte viel Sinn für kunstgewerbliche Gegenstände. Schon lange wollte sie mal eine Seifenschale für ihr Badezimmer kaufen – die alte Muschel, die ihr bisher als Ablage für die Seife diente, war irgendwie schon so schmuddelig und abgegriffen. Karen erwarb für 36 Euro die Goldene Badewanne und freute sich. Noch draußen auf der Straße holte sie die Badewannen-Seifenschale wieder aus ihrer Tasche – sie war in transparentes Geschenkpapier eingewickelt – und betrachtete sie mit Vergnügen.

Das Vergnügen war jedoch nur kurz. Denn kaum hatte sie ihre Yoga-Freundinnen begrüßt, bekam sie einen Schreck. Alle Frauen hatten ein kleines Geschenk dabei. »Bitte die Geschenke dort hinten in den großen Korb legen. Sie werden nummeriert.«

Ach, du liebe Zeit! Irgendwie hatte Karen beim letzten Treffen nicht mitbekommen, dass zum Adventskaffee kleine Geschenke mitgebracht werden sollten – zum Julklapp. Was sollte sie jetzt machen? Sofort war ihr klar: Ich muss meine schöne Goldene Badewanne opfern. Sie nahm sich schnell einen Bogen Packpapier aus dem Büro-Regal, ging auf die Toilette und wickelte die Badewanne in der Transparentfolie darin ein. Dazu nahm sie noch zwei grüne Haarbänder aus ihrer Tasche als Schmuckbänder. O ja, sie war schon ein bisschen betrübt, dass sie das wunderschöne Stück nun hergeben musste. Aber dann gab sie sich einen Ruck und sagte sich: »Hast ja selber Schuld. Pass nächstens besser auf. Aber so kommt jetzt wenigstens das schönste Julklapp-Geschenk von mir.«

Es war verabredet, dass die Geschenke nicht mehr als zehn Euro kosten durften. Auf jeden Fall war dann also ihre Goldene Badewanne das wertvollste Geschenk. Wer sie bekam, durfte sich also wirklich freuen. Und dieses Gefühl, etwas Besonderes beizusteuern, machte Karen wieder froh.

Dann ging es endlich los mit der Geschenkeverteilung. Und die fand nach einem ausgeklügelten System statt. Zuerst wurde auf alle Geschenke eine Nummer geklebt. Zwölf Geschenke von zwölf Yoga-Damen. Jana, die Kursleiterin, griff in den Korb, hob jeweils ein Geschenk in die Höhe und rief die Nummer des Geschenks: »Wer möchte das Geschenk Nummer 7 empfangen? Aber bitte nicht melden, wenn es das eigene Geschenk ist.«

In kurzer Zeit waren alle zwölf Geschenke verteilt. Karens Geschenk hatte die Nummer 10. Es lag auf dem Tisch vor Claudia. Jetzt durften alle Damen die Geschenke auswickeln. Das gab schon mal das erste fröhliche Geschnatter und Gekicher.

»Ich hab einen kleinen Holzbuddha!«, rief Renate.

»O, wie schön: Räucherkerzen!«, rief Dorit.

»Und ich, nun seht euch das doch mal an: ein Poster mit 67 Asanas.« Amelie hielt ein Plakat in die Höhe, auf dem zum Entzücken der Damen 67 Schülerinnen in 67 verschiedenen Yoga-Stellungen abgebildet waren.

Alle waren begeistert von dem Geschenk, das sie erhalten hatten – bis auf Claudia. »Oha«, sagte sie, »ich hab ne Badewanne. Das ist wohl eine Seifenschale. Na ja, warum auch nicht.«

Karen dachte sich: »Die hat doch keinen Geschmack, die Claudia.«

Aber im Übrigen war das ja gar nicht schlimm. Denn nun begann ja wie jedes Jahr auf der Weihnachtsfeier die spannende Tauschaktion. Drei Würfel gingen rundum, eine Dame nach der anderen durfte würfeln – und wenn einer der Würfel eine 6 zeigte, durfte sie tauschen:

Das Geschenk, das sie erhalten hatte, gegen ein anderes, das ihr besser gefiel. Als Erstes wurde sofort der Yoga-Kalender eingetauscht. Maria hatte ein Nasenspülkännchen bekommen. »Ich möchte tauschen. Den Yogakalender von Jessica gegen mein Nasenspülkännchen.« Und der Tausch wurde vollzogen. »Na ja, ein Nasenspülkännchen ist auch nicht schlecht«, war Jessicas Kommentar. Rosenquarz-Stein gegen Holzbuddha, Lotuskerze gegen Täschchen mit Yoga-OM-Aufdruck – immer waren beide Tauschpartner zufrieden. Nur Claudia sagte etwas spitz: »Ich tausch meine komische Badewanne gegen Sandras Swami-Sivananda-Zitate.«

Schon hatte Sandra die Goldene Badewanne. Aber die rief sofort: »Ich tausche meine unglaubliche Badewanne gegen Mirjams Lotussamen-Armband.«

Und schon hatte Mirjam den Schwarzen Goldenen Peter. »Immer ich«, sagte sie spöttisch. »Ist ja wohl der Traum meines Lebens: eine Goldene Badewannen-Seifenschale.« Sie machte eine Schmolllippe.

Das war zu viel für Karen. Da hatte sie nun ihr wertvolles Geschenk, ihre wunderschöne Goldene Badewanne, diesen Banausen geopfert und sollte sich dauernd kränken lassen? Nein, dann wollte sie das gute Stück zurückhaben.

»Ich habe diesen Buddha-Kerzenständer bekommen. Sehr schön. Aber ich möchte tauschen. Mirjam, gib mir bitte deine Badewanne gegen meinen Kerzenständer.«

»Wirklich?«, fragte Mirjam ungläubig. »Du willst deinen schönen Kerzenständer hergeben?«

»Aber sicher«, sagte Karen.

»Und dafür diese blöde Badewanne?«, fragte Mirjam.

»Ja. Ich möchte deine blöde Badewanne.«

»Na gut, wenn du unbedingt willst.«

Und schon hatte Mirjam den Buddha-Kerzenständer und Karen ihre Goldene Badewanne. Sie war glücklich darüber. Und sie ließ sich ihr Glück auch nicht mehr von Mirjam trüben. Die kam nämlich ganz zum Schluss noch zu ihr und sagte: »Finde ich ja ganz süß von dir, dass du mich von dieser schrecklichen Badewanne erlöst hast. Wer sucht bloß so was Scheußliches aus?«

Der Nähkasten-Engel

Ja, früher war alles viel besser. Und viel leichter. Besonders in den ersten Jahren nach dem Krieg.

Da habe ich meiner Mutter nämlich einen Nähkasten geschenkt – das war das wichtigste Geschenk meines Lebens. Und es hat so viel Freude gemacht. Und so viel Tränen gegeben und Flüche und Wutschreie.

Versuchen Sie doch heute mal, Ihrer Frau zu Weihnachten einen Nähkasten zu schenken. Die wird Ihnen was erzählen, Ihre Frau. Die Zeiten sind lange vorbei, mein Lieber, als man den Hausfrauen noch Freude machen konnte, wenn man ihnen einen neuen Besen schenkte, eine Waschmaschine oder einen Staubsauger.

Es gab aber Zeiten, da hat sich »die Mutti« herzlich darüber gefreut: »O, wie schön, endlich ein neuer Staubsauger! Du glaubst ja gar nicht, wie sehr ich mir den gewünscht habe!«

Ich sag ja nicht, dass diese Zeiten besser waren. Nur eben leichter. Für uns Männer jedenfalls.

Der Nähkasten war ein Prachtstück. 1948 hatte mein Vater sich mit dem Prachtstück in seiner kleinen Werkstatt hinterm Haus versteckt.

Es war wohl Wochenende. Meine Mutter hatte das Essen fertig (Steckrübensuppe und Maisklößchen oder so was) und schickte mich los, meinen Vater zum Essen zu holen. Ich vermutete ihn in seiner Werkstatt und wollte die Tür öffnen. Aber die war abgeschlossen.

»Wer ist da?«

»Du sollst zum Essen kommen.«

Die Tür zur Werkstatt wurde einen kleinen Spalt geöffnet.

»Meinetwegen, komm kurz rein. Aber psst! Hörst du! Wehe, du verrätst was. Ich zeige ihn dir.«

Er zog mich in die Werkstatt, aber ohne die Tür wieder abzuschließen.

»Was sagst du dazu?«, fragte er und zog einen Jutesack von einem Gegenstand ab, der mir fast bis an die Brust reichte. »Na, was sagst du?«

Da stand er vor mir: der Nähkasten. Nein, ich muss sagen: der Luxus-Nähkasten. Der wundervollste Nähkasten, den ich je gesehen hatte. Obwohl, ich hatte noch nicht viele gesehen.

Die meisten unserer Freunde und Nachbarn waren ja im Krieg ausgebombt worden. Nähkästen brauchte man noch nicht so nötig. Da konnten sich die Frauen noch gut mit Pappkartons und kleinen Körben behelfen.

»Wehe, du verrätst etwas!«, sagte mein Vater noch einmal. Er war ganz furchtbar stolz auf seinen Luxus-Nähkasten.

»O, wie schön«, sagte ich. »Da wird Mama sich freuen!«

O ja, es war ein besonderer Nähkasten. Aus Nussbaumholz, vermute ich mal, mit sechs Fächern: drei an jeder Seite, zum Rausziehen mit – ich weiß nicht, wie so was heißt – mit »Schrägscharnieren«, würde ich es nennen. Auf jeden Fall öffneten sich je drei Fächer nach rechts und drei nach links; es entstand ein richtiger Altar oder ein Nähkasten-Engel. Ja, wie ein Engel stand er feierlich da – dieser Nähkasten. Er breitete seine Fächer aus, dass es aussah, als wären es Flügel und er könnte sich in die Lüfte erheben. Aber das Schönste an diesem Wunderkasten, das Schönste waren seine Beine. Der Nähkasten-Engel stand auf vier langen Beinen hüfthoch, so dass die nähende Hausfrau sich nicht mal zu bücken brauchte, wenn sie einen weiteren Hosenknopf herausnehmen musste. Die vom Betrachter aus gesehen hinteren Beine waren einigermaßen schlicht gearbeitet, aus gut poliertem Nussbaumholz und mit gerundeten Kanten – aber sonst nicht weiter ungewöhnlich. Dagegen die beiden Vorderbeine – ein Traum! Wie zwei aufregende Frauenbeine wölbten sie sich dem Betrachter entgegen. Oben entwuchsen sie dem Nähkasten wie zwei wohlgeformte Oberschenkel, die sich dann im unteren – sagen wir mal »im Wadenbereich« verjüngten und in einem schwungvollen Gegen-Bogen in zwei zierliche Füßchen übergingen.

»Woher hast du denn diesen schönen Nähkasten?«, fragte ich meinen Vater. Er aber machte nur ein geheimnisvolles Gesicht, legte den Finger auf die Lippen und sagte zum dritten Mal: »Wehe dir, wenn du auch nur ein Wort verrätst, mein Lieber!«

»Aber nein, Papa, ich verrate doch nichts. Morgen ist ja auch schon Heiligabend!«

1948 muss es ein absolut unfassbarer Glücksfall gewesen sein, an so ein ausgefallenes Hausfrauenmöbel zu kommen. Mein Vater hat auch später nie mit mir darüber gesprochen, woher er ihn bekommen hatte. Der Nähkasten sah irgendwie französisch aus, besaß einen gewissen Sex-Appeal, wie ihn germanische Nähkästen nie ausstrahlen.

Mein Vater zog noch einmal die Fächer nach beiden Seiten auseinander, dann wickelte er aus einer Papiertüte einige Garnrollen und ein Etui mit Nähnadeln aus, die er in die Fächer legen wollte.

Gerade holte er noch ein paar golden glänzende Matrosenknöpfe aus der Hosentasche, um sie auch hineinzulegen – da geschah das Unglück: Plötzlich stand meine Mutter neben mir!

»Du solltest deinen Vater doch zum Essen …« Weiter kam sie nicht.

Sie hatte den Nähkasten erblickt – und begriff sofort das Ausmaß der Tragödie, die nun sofort hereinbrach. Sie hielt sich noch die Hand vor die Augen und wollte sich schnell abwenden, aber es war zu spät.

»Musst du mir ewig nachspionieren!«, rief mein Vater mit wuterstickter Stimme. Dann hob er den Wundernähkasten am Griff in die Höhe. »Da hast du dein Weihnachtsgeschenk!«, schrie er und schmetterte das kostbare Stück mit voller Kraft auf den Steinboden.

Der Nähkasten streckte alle seine vier Frauenbeine von sich – die schönen Hinterbeine ebenso wie die wundervoll geschwungenen Vorderbeine. Ein Vorder- und ein Hinterbein lagen neben dem Nähkasten, die anderen beiden baumelten noch an ihren Schrauben: Es war ein erschütternder Anblick.

Meine Mutter wollte aus der Werkstatt flüchten, bekam aber die Tür, durch die sie eben noch unbemerkt eingetreten war, nicht schnell genug auf.

»Was kann ich denn dafür. Dann schließ doch die Tür ab!«, schimpfte sie und konnte endlich rauslaufen.

»Ach was! Du spionierst mir ewig nach! Verflucht, verdammte Scheiße!«, schrie mein Vater.

Ich wollte irgendwie noch retten, was zu retten war, hob den Nähkasten hoch, an dem noch immer zwei Beine baumelten, aber mein Vater riss mich weg.

»Hau ab! Verschwinde! Mach, dass du rauskommst!«, rief er, und ich flüchtete hinter meiner Mutter in die Küche.

Anstatt zu weinen, wie ich es erwartet hatte, schimpfte

sie bloß: »Soll sich doch seinen blöden Nähkasten an den Hut stecken!«, knurrte sie und holte die Suppe vom Herd. »Was bildet der sich eigentlich ein? Mich so anzubrüllen! Ich denk doch gar nicht daran, ihm nachzuspionieren!«

Sie nahm das dritte Gedeck, das auf dem Tisch stand, und stellte es wieder in den Küchenschrank. Sie wusste genau: Nach so einem Ausbruch kommt mein Vater erstmal nicht zum Essen. Meine Mutter setzte sich zu mir und fing an, die Steckrübensuppe zu löffeln. Dann tat sie einen bedeutenden Ausspruch: »Überhaupt. wieso soll ich mich über einen Nähkasten freuen? Der ist doch sowieso nur dazu da, dass ich ihm und euch besser die Socken stopfen und die Hemdknöpfe annähen kann!«

Man bedenke: 1948 sagte meine Mutter diese Worte, als kaum eine Ehefrau auf die Idee kam, es sei nicht ihre verdammte Pflicht, ihrem Manne die Hosenknöpfe anzunähen und ihren Kindern die Socken zu stopfen.

Die Tragödie hatte dann aber doch noch ein versöhnliches Ende – sozusagen: ein Heiligabend-Happy-End.

Als sich das Donnerwetter im Hause wieder etwas verzogen hatte, schlich ich mich in die Werkstatt meines Vaters und besah mir den Schaden genauer: Die wunderschönen Beine waren nicht mehr zu retten. Sie waren aus dem Körper des Nähkastenengels brutal herausgerissen. Und eines der schönen Vorderbeine war sogar angebrochen.

Ich überlegte nicht lange, entfernte die Beine vollständig, nahm eine Raspel und versuchte, die Bodenfläche einigermaßen sauber zu raspeln. Mit Schmirgelpapier arbeitete ich nach – und stellte den Nähkasten vor mich auf einen Schemel.

»Wozu braucht ein Nähkasten überhaupt Beine?«, fragte ich laut. »Entweder stellt man ihn auf einen Bock, oder man muss sich eben ein bisschen bücken.«

Ich hatte jedenfalls in letzter Minute noch ein tolles Weihnachtsgeschenk für meine Mutter. Denn dass mein Vater ihn nicht wieder hervorholen konnte, um ihn unter den Weihnachtsbaum zu stellen, war mir klar. Das verbot ihm ganz einfach die Ehre.

Und kurz und gut: Mein Vater lachte nur, als meine Mutter den Nähkasten auspackte. Meine Mutter aber war fast zu Tränen gerührt. Sie lächelte glücklich, umarmte erst mich und dann meinen Vater: »Ich danke euch beiden. So einen wunderschönen Nähkasten habe ich mir doch schon immer gewünscht. Ach, was für ein schönes Stück! Da macht mir das Nähen und Stopfen jetzt doppelt so viel Freude.«

Damit verriet sie zwar ihre kurze frauenrechtliche Aufwallung vom Vortag – aber mein Vater war nun auch beinah den Tränen nahe.

Ja, ja, es gab einmal Zeiten, da konnte man seine Frau noch mit einem Nähkasten glücklich machen.

Eigentlich ist sie ja noch eine Jungfrau

Wenigstens einmal im Leben musst du Heiligabend in Hamburg auf der Reeperbahn erlebt haben. Da ist eine Stimmung – so feierlich und so traurig wie sonst vielleicht nirgends auf der Welt. Die Mädchen von St. Pauli gehen Heiligabend in die Kirche St. Joseph.

Und wenn sie dort das Christkind in der Krippe liegen sehen, freuen sie sich, dass es all ihre Sünden auf sich nimmt – so dass sie anschließend wieder weiterarbeiten können. Und eine von ihnen singt:

Ich steh jede Nacht
bei Würstchen Witt
am Hans-Albers-Platz.
He, kommst du mit?
Nur nach abends um acht
in der Heiligen Nacht
werde ich immer ganz sentimental,
bitte glaubt mir:

Eigentlich bin ich ja noch eine Jungfrau
und glaub an den Weihnachtsmann.
Ich schwöre: Ich will mit dem Anschaffen
aufhören.
Heut noch fang ich damit an.
Aber wenn du noch willst, dann sag ich:
Komm rüber,
Weihnachten kostet es doppelt, mein Lieber.
Und dann verwöhne ich dich
weihnachtlich.

Ich bin so allein.
He, kommst du mit?
Ganz wie du es gern hast:
Französisch zu dritt.
Ich zeige dir viele
aufregende Spiele –
da kannst du was lernen, mein Lieber.
Also komm rüber.

Neulich hatte ich nen Psychologen.
Der sagte, dass Mädchen wie ich
Nichts dafür können. Wir sind vom Leben betrogen.
Psychologisch gesehen, gesellschaftlich.

Ich sagte: Mein Junge. Hab keine Komplexe.
Wir kriegen ihn hoch, wenn ich ihn verhexe.
Und im Übrigen ich sage euch:
Alle gleich.

Ich hole euch mal meine Fotos raus:
So sieht mein kleiner Bruder aus.
Ich geh auf'n Strich.
Nicht für mich, nicht für mich.
Meine blinde Mutter ernähre ich.
(Ein hartes Los das.)

Heute hatte ich nen Geschichtsprofessor.
Der sagte: Die Prostitution
war bei den alten Ägyptern viel besser.
Sie hat eine soziale Funktion.

Ich sagte Herr Doktor, warum denn so bange?
Alles Gute dauert lange.

Und im Übrigen sage ich euch:
Alle gleich.

Also wenn du mal willst,
dann genier dich nicht.
Eva hat immer ein Herz für dich.
Nur ab abends um acht
in der Heiligen Nacht
werd ich wieder so sentimental
und dann sage ich:

Eigentlich bin ich ja noch eine Jungfrau
und glaub an den Weihnachtsmann.
Ich schwöre: Ich will mit dem Anschaffen
aufhören.
Heut noch fang ich damit an.
Aber wenn du noch willst, dann sag ich:
Komm rüber,
Weihnachten kostet es doppelt, mein Lieber.
Und dann verwöhne ich dich
weihnachtlich.

Die Weihnachtsfeier-Tour

Zwei Tage vorm dritten Advent ging mein Freund Walther mit seinem Hund Willy schon vormittags um elf Uhr aus dem Haus. Er hatte seinen feinen Anzug an, seinen besten schwarzen Tweedmantel, trug eine Krawatte mit Weihnachtskugeln drauf – und hinter sich her zog er einen Bollerwagen voller Geschenkpakete. Auf zum Weihnachtsfrühstück bei den Schrebergartenfreunden.

»Ich habe Elsbeth versprochen«, sagte Walther zu seinem Hund, »ich trinke keinen Tropfen Alkohol auf der Weihnachtsfeier. ›Komm mir nicht wieder betrunken nach Hause wie im vorigen Jahr‹, hat sie gesagt, ›sonst kannst du was erleben!‹ Ich sage: ›Elsbeth, Weihnachtsfeiern sind dazu da, dass man mit lieben Menschen eine besinnliche Stunde zusammensitzt, vielleicht mal ein Weihnachtslied singt. Denn es soll Friede auf Erden sein und den Menschen ein Wohlgefallen.‹ – ›Ja, ja, ja. Aber vier Weihnachtsfeiern an einem Tag, das ist zu viel‹ sagt Elsbeth. Ich sage: ›Elsbeth, da muss ich hin. Man hat doch seine Verpflichtungen.‹«

So betrat Walther mit seinem Hund um elf Uhr die kleine Eckkneipe, wo die Schrebergartenfreunde ihr Weihnachtsfrühstück gaben. Draußen war alles so schön weihnachtlich geschmückt.

Nach ca. zwei Stunden wurde die Kneipentür wieder aufgestoßen – und Walther torkelte … nein, das ist übertrieben: er trat eilig aus der Tür, der Hund sprang auch heraus und Walther sagte: »War doch ne schöne Feier.«

Der Hund sah ihn vorwurfsvoll an. »Den Glühwein konnte ich nicht ablehnen«, sagte Walther. Dann befühlte er sein linkes Auge. Das war etwas geschwollen und blauviolett. »Na ja«, sagte Walther. »Wir hätten nicht von Politik anfangen sollen. Aber wenn dieser dämliche Rudolf Meier immer wieder von Politik anfängt … Und so ist das denn eben gekommen. Aber trotzdem das war eine schöne Feier.«

Den Bollerwagen zog Walther noch hinter sich her. »Jetzt zu den alten Kollegen aus meiner früheren Firma. Pensionärstreffen – und Grünkohl-Essen mit Damen.«

Schon standen sie vor dem Betriebsheim der Firma. Und Walther schritt mit einem stimmungsvollen »O, du fröhlicheheee …« hinein. Auch von drinnen hörte man sie schon singen.

Zwei Stunden später, es war inzwischen 15.30 Uhr, kam Walther mit Willy wieder heraus. Nein, er hatte kein weiteres blaues Auge. Aber dafür hatte er sichtlich schon einen im Tee, wie man so sagt. Sein Schlips hing ganz weit runter, sein Oberhemd hing teilweise über der Hose. Der Bollerwagen war auch nicht mehr dabei. Willy setzte sich vorwurfsvoll vor sein Herrchen.

»Guck mich nicht so an«, sagte Walther. »Das war eine schöne Feier. Sekt vertrage ich kübelweise. Aber diese scharfe Lilo, was?« Walther wischte sich mit dem Taschentuch zwei Lippenstiftabdrücke ab. »Für ihre 62 Jahre. War doch mal meine Sekretärin, Willy. Ist die mir ganz schön an die Wäsche gegangen. Na ja, ich bin eben auch immer noch ein attraktiver Mann. Oho, Weihnachten, das Fest der Liebe, Willy. Wurde höchste Zeit, die Kurve zu kriegen. Aber jetzt zum Weihnachtskaffee in der Hundegruppe.«

Willy sperrte sich, zog an der Leine.

»Du willst nicht? Willy, das muss sein. Auch du hast deine Verpflichtungen: O, du fröhlichehee …«

Und sie betraten einen Einfamilienhaus-Vorgarten. Von drinnen aus dem Haus hörte man schon fröhliches Hundegebell. Diesmal dauerte es nur dreißig Minuten – da schwankte Walther mit dem großen Airedaleterrier Willy auf dem Arm fluchtartig aus der Haustür. Wütendes Hundegebell hinter ihm.

»War doch eine schöne Feier, Willy. Aber ich hab dich gerettet, Willy. Der Schäferhund hätte dich fertiggemacht. Warum musst du immer ›blöder Polizeihund‹ zu ihm sagen? Aber die hatten ja auch nur Jägermeister zu trinken. Das ist ja mehr Medizin – aber sonst war das eine schöne Feier. Jetzt zu meinem alten Fußballclub. 4. Mannschaft alte Herren. Das wird jetzt ganz gemütlich. Da müssen wir rein, das ist ne Verpflichtung. Ich trinke auch keinen Tropfen. Willy. Weihnachten ist nämlich das Fest der besinn … besinn … lichen Besinn … lichkeit … O, du fröhlicheheee …«

Und so stolperten sie beide in das Vereinslokal vom Eimsbütteler TC. Von drinnen hörte man schon als vielstimmigen Männerchor das wunderschöne Weihnachtslied: »So ein Tag, so wunderschön wie heute …«

Vier Stunden später ging die Tür wieder auf.

Jetzt war es 21 Uhr. Zwei nicht mehr ganz standfeste Sportsfreunde trugen Walther vor die Tür. Walther hatte den Adventskranz um den Hals. Eine Art Siegerkranz. Seine Brille war zerbrochen. Aber es ging Walther ausgezeichnet. Nur gehen konnte er nicht mehr. Obwohl er es behauptete: »O, war das eine schöne Feier. Lasst mich los, Sportsfreunde, ich kann alleine gehen.«

Und tatsächlich: Er konnte es doch. Jedenfalls auf allen vieren. So konnte er sich auch viel besser mit seinem

Hund verständigen. Denn der Hund war total nüchtern und zog sein Herrn nach Hause bis vor die Haustür. Wobei Walther immer wieder lallte: »So eine schöne Weihnachtsfeier. Weihnachten, das sind die Tage der besinn … der besinnungs … losen Besinnung … O, da sind wir ja schon fast zu Hause.«

Es war jetzt 23 Uhr. Mein Freund Walther richtete sich auf, sah nach oben, wo Elsbeth, seine geliebte Ehefrau, wahrscheinlich schon hinter der Gardine stand. Aber dann schloss er tapfer nach drei, vier zunächst vergeblichen Versuchen die Haustür auf, zog seinen Hund hinter sich her, der offenbar große Angst hatte. Und Walther stolperte die Treppe rauf und sang wirklich mit großer Inbrunst das wunderschöne Weihnachtslied:

»Fürchteeht euch nicht!«

Engel und Politesse

(Ein Weihnachtswunder)

Ich habe doch tatsächlich den Weihnachtsengel gesehen. Ja, wirklich. Das war ein richtiger Engel. Ich habe ihn nämlich belauscht.

Er stand am Straßenrand in einer kleinen Seitengasse, viele Fenster waren mit Weihnachtsschmuck erleuchtet. Aber vor einem der Häuser stand der berühmte Schlitten des Nikolaus mit einem Schimmel in der Deichsel. Dabei lag gar kein Schnee in der Stadt. Der Engel hatte einen Sack neben sich stehen, ging ungeduldig auf und ab und sprach vor sich hin:

»Wo er nur wieder bleibt, St. Nikolaus?«, sagte der Engel – so ärgerlich wie Engel eigentlich gar nicht sein können. »Und was macht er nur so lange bei dieser frisch geschiedenen jungen Frau da drin.« Dabei sah der Engel zu einem der Fenster im Erdgeschoss. »Aus Nächstenliebe«, sagt er, »muss er sie trösten. Die Nächstenliebe kenne ich. Wenn er da nur nicht wieder eine Dummheit begeht. Und ich stehe hier wie bestellt und nicht abgeholt. Wir haben noch gar nicht alle Gaben verteilt. Wir sind im Verzug!«

Der Engel stampfte mit dem Fuß auf. Das sah irgendwie putzig aus bei einem Engel. Im selben Augenblick kam eine Frau in Uniform um die Ecke. Eine Politesse. Sie sah die Rückseite des Schlittens an, bückte sich – und suchte offenbar nach dem Nummernschild.

»Keine TÜV-Plakette, keine Rücklichter«, sagte die Politesse. Dann fragte sie laut: »Wem gehört der Schlitten hier mit dem Schimmel davor?«

»Das ist unser Schlitten, Frau Polizistin«, sagte der Engel mit engelsgleich freundlicher Stimme. »Ich warte hier auf St, Nikolaus. Er kommt sofort zurück.«

Die Politesse stutzte nicht im Geringsten. Immerhin sprach ein Engel mit ihr – der hatte große Flügel und einen goldenen Reif im Haar. Ungerührt sagte die Politesse: »So. Euer Schlitten also. Dann zeig mir mal die Fahrzeugpapiere. Und deinen Führerschein.« Sie musterte den Engel von oben bis unten. »Bist du überhaupt schon volljährig?«

Der Engel musste lächeln. »O ja, liebe Frau«, sagte er. »Ich bin sogar schon dreihundert Jahre alt. Ich gehöre zu dem echten St. Nikolaus und bin der Engel Veronika. Wir brauchen keinen Führerschein.«

»Tss«, machte die Polizistin. »Du bist mir ja ein feines Früchtchen. Dreihundert Jahre alt. Frechheit. Dein Nikolaus ist wahrscheinlich ein Hausierer und fährt von Haus zu Haus, um den Leuten am Heiligen Abend noch irgendwelchen Schnickschnack anzudrehen. Führerschein und Gewerbeschein habe ich gesagt.«

Der Engel blieb ganz lieb und freundlich: »Aber nein, Frau Polizistin. Wir brauchen keinen Führerschein, wir sind in himmlischem Auftrag hier. Was ist denn ein Gewerbeschein? Vom Himmel hoch, da kommen wir her …«

»Spar dir dein Geschwafel«, unterbrach die Politesse. »Wie heißt du? Name, Vorname. Geburtsdatum?«

»Ich bin der Engel Veronika, Frau Polizistin, das habe ich Ihnen doch schon gesagt. Es ist Weihnacht, gute Frau, denn euch ist heute der Heiland geboren.«

»Ja, ja, schwadronier nur so weiter«, sagte die Politesse und schrieb etwas auf ihren Block. »Wirst schon sehen, was du davon hast! Parken im Halteverbot, Falschaussage, Beamtenveralberung, ohne Papiere angetroffen, keine TÜV-Plakette. Oho – das wird teuer!«

»Aber liebe Frau Polizistin«, der Engel lächelte milde. »Wir kommen mit dem Schlitten nun schon seit dreihundert Jahren auf die Erde. Wir kommen alle Jahre wieder – ob nun Schnee da ist oder nicht.«

Da wurde die Polizistin hellhörig: »Schnee? Hast du Schnee gesagt? Was denn für ein Schnee?« Sie tat, als würde ihr ein Licht aufgehen. »Ach so! Jetzt habe ich verstanden! Wie war noch der Name? Wie heißt dein Komplize?«

»Mein Komplize? St. Nikolaus ist mein himmlischer Vorgesetzter. Wir kommen alle Jahre wieder vom Himmel auf die Erde nieder ...«

»Niko ... Nikolaus«, wiederholte die Politesse. »Ja, ja, der Spitzname ist uns bekannt. Nikolaus! So nennt sich der berüchtigte Koks-Dealer aus dem Rotlichtmilieu.« Drohend trat sie auf den Engel zu. »Na, dann haben wir euch ja. Mach den Sack auf, du falscher Engel.«

Der Engel stellte sich schützend vor den Sack: »Das darf ich nicht, Frau Polizistin. Das ist der Sack vom Nikolaus. Nur gute Kinder bekommen Geschenke daraus.«

»Erzähl keine Opern«, sagte die Polizistin. »Ich weiß Bescheid: Der ist bis obenhin voll Kokain. Da habe ich ja einen Fang gemacht. Gib her den Sack, gib her!«

Der Engel hielt den Sack fest und wich der Politesse aus. Die aber trat ihm in den Weg und rief: »Willst du wohl stehen bleiben!«

Da geschah etwas mit dem Engel, was man so vielleicht noch nie gesehen hat: Er wurde rot im Gesicht, und zwar vor Zorn!

»Jetzt will Ihnen mal was sagen, Sie dämliche Politesse!«, schimpfte der Engel. »Sie verfolgen schon mal wieder die Falschen. Sie laufen ja nur mit Scheuklappen durch die Gegend. Sie sind keine Hilfe, sondern eine Plage für die Bürger!«

»Ja, fluch du nur, du kleines Biest! So eine ausgebuffte Masche. Als Weihnachtsmann mit dir, du Flittchen, den Stoff anzubieten. Los, Hände auf den Rücken, du bist verhaftet.«

Aber der Engel machte sich groß. Er schlug sogar mit den Flügeln: »Ich warne Sie. Es wird Ihnen leid tun.« Dann holte er sein Handy aus dem Kleid. Das muss man sich mal vorstellen: ein Engel mit einem Handy.

»Dies hier ist mein Himmelshandy!«, rief er. »Ich darf es nur im Notfall benutzen, Wenn ich auf Notruf drücke, geschieht ein Wunder mit Ihnen. Lassen Sie mich lieber los!«

Da lachte die Politesse gehässig: »Aha. Ein Wunder! Das hast du jetzt auch bitter nötig! Ein Wunder! Her mit den Flossen!« Sie versuchte, die zarten Arme des Engels festzuhalten.

Aber der Engel sprach: »Ich habe Sie gewarnt. Ich habe jetzt Direkt-Kontakt mit der Himmelszentrale. Sie werden sich nicht wiedererkennen. Ich drücke die Notruftaste!«

Der Engel Veronika hielt das Handy am ausgestreckten Arm gen Himmel. Im selben Augenblick erhellte ein schrecklich greller Blitz die ganze Straße und darauf folgte ein furchtbares Donnergrollen.

Die Politesse erschrak. Sie wurde käsebleich im Gesicht. »O Gott, was war das?«, stammelte sie. »Und was geschieht mit mir? Mir ist so – ich weiß nicht, wie …«

Wer es nicht gesehen hat, der wird es nicht glauben: Die Polizistin nahm die Mütze ab und stammelte – das Gesicht zum Himmel gekehrt:

»Ihr himmlischen Mächte, ich klage mich an!
Ich habe den Menschen viel Unrecht getan.«

»Ja, siehst du«, sagte der Engel und sah die Politesse mitleidig an, »Ich habe dich gewarnt!«

Die Politesse war nun nicht mehr aufzuhalten. Sie sank auf die Knie und flehte den Himmel an – seltsamerweise auch noch in Versen und Reimen:

»Hab immer behauptet die ganze Zeit:
Es ginge mir nur um die Sicherheit
Im Straßenverkehr. Aber das war gelogen,
Bin hauptsächlich durch die Straßen gezogen,
um abzukassieren, wo immer ich fand
ein Bußgeld-Opfer. Wenn einer stand
im Parkverbot auch nur kurze Zeit,
so habe ich mich darüber gefreut,
das gab wieder ein Knöllchen, und auf dem Revier
lobt mich der leitende Beamte dafür.«

Dem Engel reichte das schon. Er wollte seinen Triumph gar nicht auskosten. Er legte der Politesse die Hand auf die Schulter: »Ist ja schon gut, Kleine. Jetzt mach dich schnell wieder vom Acker!« Aber die Politesse war so voller Reue – und die musste einfach heraus:

»Wir haben Radarfallen aufgestellt,
so getarnt, dass sie keiner für Radarfallen hält;
nicht etwa an Schulen, wo es sinnvoll ist,
O, nein! Sondern dort mit Bosheit und List,
wo jeder mit 60 den Wagen lenkt,
vierspurig fährt, an nichts Böses denkt –
ja, da wird geblitzt und fotografiert

und gnadenlos immer nur abkassiert.
Es ließ ein Mann vorm Krankenhaus
seine schwangere Frau zur Entbindung raus.
Ich schreibe ihn auf. Das soll er mir büßen:
Er hätte seine Frau ja nicht schwängern müssen!«

»In Ordnung, jetzt ist genug gebeichtet«, sprach der Engel. »Gleich kommt St. Nikolaus. Nun hör mal wieder auf!« Aber die Politesse konnte offenbar gar nicht mehr aufhören. Sie beichtete immer weiter:

»In der dreißiger Zone bin ich zur Stell:
Da fährt einer fünf Kilometer zu schnell:
Ich reib mir die Hände: Denn im Revier
kriege ich wieder vier Punkte dafür.
In Hamburg-Eimsbüttel war es so schön:
Da durften die Autos auch schräg parkend stehn.
Das sparte Platz. Doch das durfte nicht sein:
Da schritt ich mal wieder gewinnbringend ein:
Schräg Parken verboten. Das ist eine Hatz.
Jetzt haben sie nur noch den halben Platz.
Wohin mit dem Auto? Sie wissen es nicht.
Und ich kassier ab. Das ist meine Pflicht.«

Dem Engel wurde es entschieden zu viel. Er richtete sein Handy wieder gen Himmel: »Hallo, Himmel. Verwandelt sie mal wieder zurück. Die hört ja sonst nicht wieder auf!« Aber so schnell funktioniert die himmlische Eingabe nicht. Erst einmal beichtete die Politesse noch weiter:

»Ich flehte des Nachts in meinen Gebeten:
dass möglichst viele das Gesetz übertreten.
Wer falsch parkt oder wer zu schnell fährt,

den brauche ich, der ist mir lieb und wert.
O, himmlische Mächte, ich Politesse
hab in meinem Beruf nur das eine Interesse:
Du Autofahrer, ich kann dir versprechen,
du musst blechen und blechen und blechen und blechen.«

Auf Knien rutschte die Politesse zum Engel, ergriff seine Hand und sprach mit verzweifelter Stimme:

»Ich hab Strafe verdient! Schick mich auf der Stelle
Zu den Hilfspolizisten ganz tief in die Hölle!«

»O, nein«, sprach der Engel, »das ist ja nun fast peinlich. Wenn sie mal ein Wunder veranstalten da oben, dann müssen sie es immer gleich übertreiben.«

Und noch einmal sprach der Engel Veronika in sein Himmels-Handy: »Hallo, Himmel! Es genügt doch, wenn ihr sie einfach nur sagen lasst: Da will ich gern mal ein Auge zudrücken. Und fertig.«

Da erklang plötzlich so etwas wie eine feine Harfenmelodie. Und es geschah tatsächlich das größte Wunder, seit es Verkehrspolizisten gibt:

Die Politesse stand auf, sie tat, als wäre nichts gewesen, und sagte nur: »Da will ich gern mal ein Auge zudrücken. Und fertig.« Sie nahm persönlich das Knöllchen, zerknüllte es und schritt von dannen.

Jawohl. So ein Wunder geschah – in der Weihnachtszeit!

Schwangerschaftsgymnastik

Weihnachten ist der Geburtstag des Jesus-Kindes. Die einzige Geburt, bei der die Mutter Jungfrau geblieben ist. Das ist ein großes Wunder. Dabei ist auch der normale Vorgang schon ein Wunder. Obwohl auch immer mehr Männer dieses Wunder vollbringen. Fast alle Väter sind jetzt bei der Geburt ihres Kindes dabei. Das ist heutzutage ganz normal. Unsere Väter früher, die hatten es schwer. Die mussten bei der Geburt auf jeden Fall draußen bleiben. Da saßen sie dann zum Beispiel auf dem Klinikflur auf einer Bank und warteten und warteten. Hin und wieder kam eine Hebamme vorbei und grinste sie von oben herab an. Dann hörten sie vielleicht einen Schrei aus dem Kreißsaal – das war zu viel. Sie liefen nach Hause, um sich zu besaufen.

Und heute? Wer von Ihnen, meine Herren Leser, war etwa noch nicht bei der Schwangerschaftsgymnastik? Das haben wir doch wohl inzwischen alle drauf, nicht wahr? Einatmen, ausatmen – gaaanz ruhig bleiben. Zwerchfellstütze und jetzt: pressen, pressen, pressen! Kennen wir alle, nicht wahr? Ist überhaupt kein Problem. Ich wundere mich, wieso heutzutage nun immer noch die Frau die Kinder kriegen will. Rein vom sportlichen Gesichtspunkt ist der Mann auch darin einfach bess. Wir können besser atmen, wir können besser pressen, wir schreien nicht dauernd rum während der Geburt. Während man bei der Frau immer irgendwie Angst hat, dass sie im letzten Augenblick noch alles verpfuscht.

Obwohl, ich geb's ja zu: Auch bei den Männern gibt es Unterschiede. Wenn ich da an unseren Nachbarn Herrn Semmelfinger denke. Also, ich werde das nie vergessen. Vor ein paar Jahren – ich hatte gerade meine Jüngste zur Welt gebracht und er hatte da irgend so einen Jungen gekriegt. Na ja, wie der Zufall es will, begegnen wir uns mit unseren Kinderwagen im Park – beide mit den vier Wochen alten Säuglingen im Wagen. Ich gebe ja zu: Ich war ein bisschen stolz auf meine Leistung. Ich hatte nämlich eine Beckenendlage. Das ist ja schließlich was. Ich sage zu Semmelfinger: »Da können Sie sich vielleicht mal vorstellen, was mir da rein atemtechnisch abverlangt wurde.«

Da sagt doch dieser Ignorant: »Beckenendlage ist heute doch, rein psychoprophylaktisch gesehen, überhaupt keine Schwierigkeit mehr.«

Keine Schwierigkeit. Dabei konnte er überhaupt nicht mitreden – er hatte nämlich einen absolut glatten Durchgang. Hat er ja selber erzählt: vom Hochziehen der Zervix bis zur eigentlichen Eröffnungsphase nur vier Stunden. Das ist doch kaum der Rede wert. Aber er wirft sich in die Brust: »Ich hatte nämlich einen Kaiserschnitt.«

Ich sage: »Wie bitte? Einen Kaiserschnitt bei Schädellage? So was hat doch die Welt noch nicht gesehen. Wo haben Sie denn entbinden lassen? In der Autowerkstatt – oder wo?«

Aber er wieder so richtig arrogant: »Ich hatte keine Schädellage, sondern eine Querlage. Und zwar kurz vor der ersten Kontraktion.«

Da war mir natürlich alles klar. Ich sage: »Da müssen Sie ja völlig falsch geatmet haben. Anders kann es doch zu so einer Abnormität überhaupt nicht kommen. Statt laaang und laaang und fuuiiiiiiiit, fuuiiiiiiiit müssen Sie ja schon die ganze Zeit vor der ersten Kontraktion fuitt-fuitt-fuitt-fuitt-fuitt geatmet haben. Da muss es ja schiefgehen.«

Aber Kritik konnte er natürlich nicht vertragen. Er habe es nicht nötig, mit dem Ehemann einer Primapara über Hyperventilation und die Prophylaxe einer Hinterhauptslage zu diskutieren. Im Übrigen hätte ich ja eine PDA-Geburt gehabt – und PDA-Geburten seien gar keine. Da fehle das erste Existenzerlebnis, das Zurückgeworfensein auf die initiale Lebenszündung.

Ja, so etwas sagt mir ein Kaiserschnitt! Ich sage: »Mein Lieber, Ihr Fötus konnte ja praktisch weiterschlafen, und das wird er auch das ganze Leben, weil ihm nämlich das Ur-Angsterlebnis vollkommen fehlt, welches ganz allein möglich ist durch die extrem enge Tunnelröhre zwischen Symphyse und Promontorium!«

Da war dieser Semmelfinger so wütend, dass er ausfallend wurde. »Das reicht jetzt!«, schreit er mich an. »Ihnen sind wahrscheinlich in der Presswehenphase einige Äderchen im Gehirn geplatzt. Sie Pluri-Para-Pavian!«, schreit er und schiebt mit seinem Erzeugnis ab.

Ich hab nur zu meiner Rieke gesagt, also zu meinem Säugling da im Wagen: »Kaiserschnitt bei Schädellage – und so einer will uns was über Atemtechnik erzählen. Keine Ahnung vom Kinderkriegen!«

Mädchen und Technik

Mädchen spielen mit Puppen. Jungens spielen mit der elektrischen Eisenbahn oder mit der Dampfmaschine. Ja, verdammt: so denken doch immer noch neunzig Prozent aller Eltern. Und dann wundern sie sich, wenn ihre Töchter später nicht Maschinenbau-Ingenieure werden wollen. Oder Baggerführer oder Formel-1-Rennfahrerinnen.

Als Vater von vier Töchtern (»Du hättest doch sicher auch gern einen Sohn gehabt!« – o, wie ich diese dämlichen Sprüche hasse), als Vater von vier Töchtern habe ich diesem Vorurteil jedenfalls entgegengewirkt.

Zum Beispiel mit der Dampfmaschine. Ich hatte eine Wilesco-Dampfmaschine im Schaufenster des Spielzeugladens gesehen. Ein Traum, sage ich Ihnen, ein historisches Modell mit dieser ersten Parallelkurbelwellen-Antriebstechnik, wunderbar. Von so etwas hatte ich als kleiner Junge immer geträumt. Aber meine Eltern hätten sich so ein teures Weihnachtsgeschenk niemals leisten können.

Natürlich hat meine Frau zuerst ein bisschen skeptisch geguckt, als ich zwei Wochen vor Weihnachten damit nach Hause kam: »Wem willst du die denn schenken?«

Ja, die Mütter sind am meisten schuld. Von vornherein verbauen sie ihren Töchtern den Aufstieg zu den Machtpositionen der Männer. Nur keine Technik schenken! Was soll das Mädchen damit?

Meine erste Tochter war damals gerade fünf Jahre alt. Genau das richtige Alter, sie mit dem Wunderwerk einer

Dampfmaschine vertraut zu machen. »Was glaubst du, wie Julia sich freuen wird!«, sagte ich. »Das ist eine echte Wilesco. Nach einem historischen Modell gebaut. Siehst du hier: so sah der erste außenliegende Kondensator aus, die geniale Haupterfindung von James Watt.«

»Mein Gott, so ein Dings ist doch bestimmt furchtbar teuer. Wie viel hat die denn gekostet?«

Allein schon »so ein Dings« zu sagen. Und die schnöde Frage nach dem Preis. Die ersten starken Eindrücke eines fünfjährigen Mädchens sind doch entscheidend für ihr ganzes Leben. Ich sagte: »Da bekommt unsere Tochter zuerst einmal eine Vorstellung von der ungeheuren Kraft des Wasserdampfes. Wenn ein Liter Wasser bei hundert Grad Celsius zu Dampf wird, dehnt er sich um zwanzig Kubikzentimeter aus, diese enorme Kraft wirkt auf den Kolben und …«

»Na toll, da wird sie aber begeistert sein.«

Von vornherein stellten sich mir bei der anti-tendenziösen Erziehung meiner Tochter also schon Widerstände entgegen. Aber dann kam Heiligabend. Ich hatte den ganzen Nachmittag an der Aufstellung der Maschine gearbeitet. So etwas will vorbereitet sein. Selbstverständlich hatte ich inzwischen auch noch ein kleines Sägewerk mit Kreissäge, Bohrmaschine und Schleifscheibe dazu gekauft, die ich über die Transmissionsriemen anschließen musste. Erhitzt wurde das Wasser in dem starken Kupferkessel der Maschine mit einer dreifachen Karbid-Brennstelle. Es machte mir so viel Freude, dieses wunderschöne Geschenk liebevoll für Julia vorzubereiten. Das dauerte natürlich etwas. Die Bescherung musste um ca. drei Stunden verschoben werden, weil ich die Ventile noch verschiedentlich verstellen musste. Aber dann war es endlich so weit.

Julia war hingerissen. Sie sagte zwar nichts. Aber ich erkannte es an ihren Augen. Zum ersten Mal in ihrem kleinen Leben sah sie eine funktionierende ratternde, tackernde – tack-tack-tack-tack – Dampfmaschine. Und daneben das Sägewerk mit all diesen nützlichen Werkzeugen, wie sie sich drehten und arbeiteten.

»Julia«, sagte ich, »damit begann es einmal. James Watt erfand die Dampfmaschine – genau genommen: er erfand den Kondensator. Der Mensch hatte gelernt, sich die Kräfte der Natur zunutze zu machen. Das Wasser in diesem Kessel wird auf 100 Grad erhitzt, es wird zu Dampf, der Dampf treibt dann den Kolben in diesem Zylinder an.«

Julia war fasziniert. Sie bekam ihren kleinen Mund gar nicht wieder zu vor Begeisterung – hätte meine Frau nur nicht wieder auf ihre schamlos unemanzipierte Weise dazwischengefunkt. Sie winkte doch tatsächlich mit so einer schrecklichen Dolly-Puppe: blonde Haare, blaue Augen, dämlicher Gesichtsausdruck.

»O, wie schön«, stammelte Julia, lief zu meiner Frau und schloss sofort dieses Mädchen-Klischee-Geschenk in die Arme und küsste es.

Mich aber konnte das nicht mehr täuschen. Der Glaube, die Bewunderung, das Verständnis für die Technik war in der Seele meiner Tochter geweckt. Ihr Erstaunen vor der menschlichen Ingenieurleistung war vielleicht noch größer, als es jeder Sohn hätte empfinden können. Dass Julia dann später nicht Maschinenbau studierte, sondern in die Modebranche ging und Designerin wurde, hat damit nichts zu tun. Höchstens ein wenig damit, dass sie sich damals im Laufe des Heiligen Abends ihre kleinen Fingerchen etwas verbrühte, als ich ihr die Dampfsirene erklärte. Das gab natürlich ein fürchterliches Geschrei und Tränen, aber so etwas vergessen Kinder ja schnell.

Noch heute hole ich hin und wieder diese wunderbare Wilesco-Dampfmaschine aus dem Werkzeugkeller, heize den Kessel und lasse sie kurz mal laufen. Es macht mich einfach froh, dass ich als Vater meiner Tochter den Weg zur Technik nicht von vornherein verbaut habe.

Weihnachtsfrieden unter Nachbarn

Man hatte vielleicht das ganze Jahr ein gespanntes Verhältnis zu seinen Nachbarn, aber zu Weihnachten da möchte man doch irgendwie Frieden machen. Geht doch nicht an, dass man zum Beispiel Frau Dührkopp nicht einmal »Frohe Weihnachten« wünschen kann, wenn sie die Treppe runterkommt. Es besteht nämlich die Gefahr, dass sie überhaupt nicht antwortet oder dass sie sogar sagt: »Das können Sie sich gefälligst sparen.«

Frau Dührkopp ist nämlich einer von meinen nachbarschaftlichen Problemfällen. Ich habe da wohl einmal etwas falsch gemacht. Sie schimpfte mal wieder über die Regierung und wie schlecht es den Rentnern geht. »Schon wieder ne Nullrunde. Ja, mit uns können sie's ja machen«, sagte sie. »Dauernd kürzen sie uns die Rente. Weihnachtsgeld ist auch gestrichen.« Ich wollte nur irgendetwas Freundliches sagen. Aber mir fiel nichts Besseres ein als: »Aber ich hab doch gelesen, einigen Rentnern geht es auch ganz gut. Sie waren doch Weihnachten vor einem Jahr auch auf Mallorca oder? Unsereiner muss ja inzwischen für drei von Ihnen die Rente mitverdienen.« Das sollte lustig klingen. Aber die Dührkopp lässt mich abblitzen, blickt mich böse an, geht vorbei und meckert vor sich hin: »Unverschämtheit. Was muss man sich alles gefallen lassen.«

Oder mein problematisches Verhältnis zu Herrn Görecke. Grade zu Weihnachten ist mir das so unangenehm. Wenn ich dem »Frohe Weihnachten« wünschen würde, würde er auch nur zur Antwort geben: »Sie haben schon wieder ihr Fahrrad ins Treppenhaus gestellt. Fahrräder gehören nicht ins Treppenhaus.«

So begrüßt er mich nämlich auch sonst immer. Ich will nett und freundlich sein: »Guten Tag, Herr Görecke.« Aber er jedes Mal: »Sie haben schon wieder Ihr Fahrrad ins Treppenhaus gestellt.« Und jetzt im Winter noch mit dem Zusatz: »Sie tragen den ganzen Schneematsch mit hier herein.«

Draußen sind mir schon drei Fahrräder geklaut worden. Also verkneif ich mir natürlich auch das »Frohe Weihnachten!«. Im Gegenteil, ich fühle das dringende Bedürfnis in mir aufsteigen, ihn die Treppe runterzuschubsen: »Frohe Weihnachten, du Kotzbrocken!« Aber natürlich beherrsche ich mich und geh nur ohne Gruß vorbei.

Oder Herr Breitenkreuz, mein Nachbar von gegenüber. Kaum bin ich neulich aus der Tür getreten, hab noch den Arm voller Weihnachtspakete, die ich zur Post tragen will, da reißt er seine Wohnungstür auf: »Sie wissen, dass Sie nächste Woche mit der Treppe, dran sind!« Nächste Woche sind noch die Festtage. Aber er wird kein Pardon geben.

Dann spring ich zornig die Treppe runter und nehme immer zwei Stufen auf einmal. Prompt reißt Oma Schlabrigkeit unter mir (so ähnlich heißt sie jedenfalls) ihre Tür auf und droht mir mit dem Krückstock: »Gehen Sie gefälligst anständig die Treppe runter.« Ich geh nur ruhig vorbei und sage kein Wort. Beuge mich nur mal kurz vor und mache: »Buuuuh!«

Na jedenfalls: Gerade zu Weihnachten ist es besonders bitter, dass ich nicht so richtig warm werde mit meinen Nachbarn.

Darum hab ich zwischen den Festtagen eine Methode ausprobiert, die mir ein entfernter Freund neulich mal empfohlen hat, als wir bei einem Glas Bier zusammensaßen.

Er hatte auch immer keinen richtigen Kontakt zu seinen Nachbarn. Aber jetzt mit einem Mal, sagt er, sind sie alle richtig gute Kumpels geworden. Und das, so hat er erzählt, das passiert nämlich, wenn man nur kurz mal runtergehen will zum Briefkasten, um die Post zu holen – dabei dann aber die Wohnungstür hinter sich zuschlägt und seine Wohnungsschlüssel drin gelassen hat. Aufm Küchentisch. Da liegen sie, sagt er. Und du im Bademantel mit Schlappen an den Füßen, ohne Strümpfe stehst da und denkst: »O, Gott, was mach ich jetzt?«

»Du befindest dich nämlich jetzt«, sagt mein Freund, »in einer übergeordneten Nothilfesituation. Und dann passiert es.« Kaum hatte er seine Wohnungstür zugeschlagen, da reißt sein Nachbar Bommel von gegenüber schon seine Tür auf und sagt: »O weh! Sie haben sich wohl ausgesperrt. Ich habe Sie durch den Spion beobachtet. Warten Sie, das kriegen wir gleich hin. Ich habe einen Dietrich, den hol ich sofort aus dem Keller.«

»Den hab ich sonst immer nur als alten Grummelgruftie erlebt«, sagt mein Freund. »Hat überhaupt nicht gegrüßt. Aber jetzt: ohne zu zögern holt er seinen Dietrich.«

Im selben Augenblick guckt Frau Geyer von unten hoch und ums Geländer rum. »Sie haben sich ausgeschlossen? Kein Problem. Warten Sie, das kriegen wir gleich hin!«

Mein Freund sagt: »Du kennst deine Nachbarn gar nicht wieder.« Sein anderer direkter Nachbar Bremer, ein Beamter, hat aber grade Urlaub oder sich mal wieder krank gemeldet, macht auch die Tür auf, hat noch Rasierschaum im Gesicht. Mit dem hatte mein Freund ein paar Tage vorher noch eine üble Auseinandersetzung. Ausgerechnet der, sagt mein Freund, kommt mit einem Glas Glühwein raus, das er sich grade gemacht hatte: »Erst mal ’nen Kleinen nehmen auf den Schreck.«

»Du kannst es alles gar nicht so schnell begreifen«, sagt mein Freund. »Übergeordnete Nothilfesituation. Überall im Haus gehen die Türen auf. Da kommt schon der Bommel wieder aus dem Keller und hat ein Riesenschlüsselbund. Ebenso die Geyer von unter mir. Klopft sonst regelmäßig gegen die Decke, wenn ich die CD nur ein Dezibel zu laut abspiele. Aber jetzt«, sagt mein Freund, »sie hat einen Spezial-Dietrich. Ich dachte gleich: Die Frau geht nachts auf Bruch. In Sekundenschnelle waren fast alle Nachbarn auf meinem Treppenabsatz versammelt. Eine ältere Dame aus dem Erdgeschoss, die ich noch nie gesehen hatte, kam sogar am Stock mühsam die Treppe hoch und rief: ›Sie müssen den Dietrich mit einem Stück Seife einschmieren. Hier nehmen Sie mal!‹ Die Seife hatte sie nämlich dabei. Diese Hilfsbereitschaft plötzlich. Hat keine fünf Minuten gedauert, da hatten sie meine Wohnungstür wieder geöffnet, große allgemeine Freude! Dann sind sie alle mit reingekommen und wir haben alle zusammen ’ne richtige kleine Weihnachtsfeier gemacht. Ich hab Spekulatius spendiert und der Beamte, Herr Bremer, hat seine Glasterrine mit Glühwein rübergeholt. Wir waren zum Schluss ganz schön lustig und haben sogar Weihnachtslieder gesungen. Aber als Höhepunkt«, sagt mein Freund, »hab ich jetzt ein Date mit Sabine Scholz von über mir. Im neuen Jahr darf ich mit ihr beim Italiener essen gehen. Die ist Sportlehrerin, vierundzwanzig, bildschön. O, Mann, ich sage dir: übergeordnete Nothilfesituation. Das schweißt zusammen.

Musst du unbedingt mal ausprobieren. Du kommst dir so dort näher mit deinen Nachbarn, ihr werdet alle gute Kumpel.«

»Wieso das denn?« sage ich. »Ich vergesse meinen Wohnungsschlüssel nie. Ich steck meine Schlüssel jedes Mal von innen ins Schloss und schließe ab. So muss ich die Schlüssel sowieso immer in die Hand nehmen, wenn ich die Tür öffne.«

»Mann, dann vergiss die Schlüssel eben mal absichtlich!«

Da hat er natürlich recht. Und das hab ich dann auch gemacht. Gestern hab ich es gewagt. Zieh meinen Bademantel an, darunter nur 'ne Unterhose, barfuß und in Puschen. Geh raus, schlag die Wohnungstür ordentlich laut zu – dreh mich um und ruf ganz laut: »Um Gottes willen, ich hab mich ausgesperrt. So ein Mist, ausgesperrt hab ich mich.«

Und tatsächlich, schon reißt mein Nachbar Breitenkreuz von gegenüber seine Tür auf: »Sie wissen, dass Sie nächste Woche mit der Treppe dran sind?«

Ich sage: »Hilfe! Ich hab mich ausgesperrt!« Da ist auch schon Frau Dührkopp von über mir da, geht extra langsam vorbei und sagt: »Ja, das passiert eben, wenn man alten Leuten ihre Rente nicht gönnt.«

Im selben Augenblick tritt auch der Rentner Görecke auf den Plan: »Was ist das für ein Lärm da oben? Herr Scheibner, Sie haben schon wieder Ihr Fahrrad in den Flur gestellt. Das ist verboten!« – »Fröhliche Weihnachten!«, rufe ich zurück, »ich schubs dich gleich die Treppe runter, du Kotzbrocken.« Er schlägt wütend seine Haustür zu. Das hört wieder die alte Schlabrigkeit und kommt halb die Treppe rauf. »Haben Sie zufällig einen Dietrich?«, frage ich sie. »Ich habe mich ausgeschlossen.«

Da sieht die mich bloß an und sagt: Buuuuuuh! und dreht wieder um.

Aber da! Der Höhepunkt. Tatsächlich kommt von ganz oben die junge Sportlehrerin, schlank und schön und begehrenswert. Ich hab sie schon hundertmal schüchtern angelächelt. Sie bleibt stehen. Sieht mich an: »Wie laufen Sie denn hier herum?«

»Ich hab mich ausgesperrt«, sage ich. »Haben Sie vielleicht einen Dietrich und könnten hinterher mit mir in meine Wohnung kommen? ’ne kleine Weihnachtsfeier!«

»Schlüsseldienst!«, sagt sie. Lächelt verächtlich und geht weiter.

Den Schlüsseldienst habe ich natürlich nicht gerufen. Ich hatte den Schlüssel selbstverständlich in der Bademanteltasche mit rausgenommen.

»Ja«, sagt mein Freund, »deswegen hat es auch nicht geklappt.«

Der Tante-Emma-Laden

Weihnachten muss ich immer wieder mitten im Gedränge im Einkaufszentrum, wenn ich halb totgequetscht werde, an Tante Emma denken. An Tante Emma und ihren Laden …

Emma Möller hat im Keller ein Geschäft.
Mit Kuchen und mit Wurst.
Und mit Milch und Senf und Käse,
Morgenblatt und Mayonnaise
und Bier und Schnaps für jeden Durst.

Emma Möller hat im Keller
jeden Kunden noch so richtig lieb.
Brauchst du nur ein Pfund Gemüse,
in die Zeitung packt sie diese.
Und dann gibt sie völlig gratis
dir fürs Leben einen Tipp:

Willst ein Unglück du vermeiden,
lerne klagen ohne zu leiden.

In Tante Emma ihrem Laden
war die Welt noch ohne Schaden
Und da kriegst du auf Lakritze noch Rabatt.
Zucker füllt sie noch in die Tüte.
Immer strahlt sie voller Güte,
die sie stets für jedermann vorrätig hat.

Emma Möller sieht im Keller jedermann
bis tief ins Herz hinein.
Sorgenvoll wie eine Mutter
fragt sie zwischen Mehl und Butter:
Na, Frau Pohl, was macht Ihr offnes Bein?

Emma Möller sagt im Keller
mancher Kundin auch mal schwer Bescheid.
Neulich sprach sie zu Frau Hagen:
»Musst doch deinen Mann nicht schlagen!
Vierzehn Euro, Carla Hagen, einmal tut dir das
noch leid!
Es ist eine Kunst, zu lieben.
Künstler müssen täglich üben!«

In Tante Emma ihrem Laden
war die Welt noch ohne Schaden.

Emma Möller macht im Keller Politik.
Der Frau vom Juwelier
macht sie etwas höhere Preise,
Penner Paule auf die Weise
kriegt schon mal ein Bier umsonst dafür.

Emma Möller fängt im Keller
manchmal Arien zu singen an.
»Früher wollt ich mal zur Bühne.
Heut verkauf ich Margarine.
Weil der Mensch sich eben nur für eine Kunst
entscheiden kann.

Mensch, es wird dich überraschen:
Das letzte Hemd hat keine Taschen.«

In Tante Emma ihrem Laden
war die Welt noch ohne Schaden …

Emma Möller, um deinen Keller hab ich Angst.
Denn der Tag ist nicht mehr weit,
dass sie dich und deinen Keller
wegrasieren, Emma Möller.
Leider passt du nicht in diese Zeit.

Emma Möller, überm Keller wird ein Supermarkt
entstehn.
Doch des Nachts durch die Regale
in dem öden Einkaufssaale
wird die Seele Emma Möllers
wie ein Rache-Engel wehn:

»Die Welt ist auch ein Laden, Leute.
Und der Laden ist bald pleite!«

In Tante Emma ihrem Laden
war die Welt noch ohne Schaden.
Doch wo kriegst du auf Lakritze noch Rabatt?
Zucker ist schon in der Tüte.
Heute gibt's sogar die Güte
nur noch vollhygienisch vakuumverpackt!

Friedhofsgemüse und Pflegeroboter

Der Rentner

Da sitzt eine junge Frau auf der Parkbank und hat ihren Säugling, dick eingewickelt, im Arm. Plötzlich teilt sich das Gebüsch und ein alter Mann sieht heraus. Er hat eine Wolldecke umgehängt, unten sieht man: Er trägt Pantoffeln an den Füßen. Er blickt nach links und rechts – die Luft scheint rein zu sein. Da humpelt er schnell zur Bank und setzt sich neben die junge Frau: »Verzeihung, junge Frau. Entschuldigung, können Sie mir bisschen helfen? Nur mal eben die Lederbänder von meinen Handgelenken abmachen. Und wenn jemand vorbeikommt und fragt, ob Sie einen älteren Herrn im Nachthemd und Wolldecke gesehen haben, würden Sie dann bitte sagen: Nee, hab ich nicht gesehen. Ich versteck mich dann da hinterm Busch.«

Der alte Mann zittert. Es ist kalt. »Warum Sie das tun sollten? Ja, das will ich Ihnen ja grad erklären:

Ich bin ausgerissen, müssen Sie wissen. Aus dem Altersheim Gut Eichenholz. Die Bänder hier hab ich durchgescheuert an der Bettumrandung. Sie hatten mich ja angebunden am Bett. Seit vierzehn Tagen schon. Ja, und jetzt vor Weihnachten und bis Silvester binden die einen gar nicht wieder los. Ist ja gar kein Personal da. Bloß die eine Griechin mit dem grausamen Blick. Die gießt uns das Essen mit'n Trichter rein. Aber sowieso nur alle drei Tage. Die meisten Tage sind Diät-Tage. Da kriegen wir gar nichts. Damit wir schneller schlapp werden und bisschen schummerig vor den Augen, dann dämmert man so vor sich hin und ist irgendwie ganz glücklich.

Was sagen Sie? Sie glauben das nicht? O, doch. In unserem Altersheim – da schaffen die das, dass keiner mehr Angst hat vorm Sterben. Sonst immer in allen andern Altersheimen jammern die Alten: ›O, wenn das mal losgeht, ich will doch noch 'n bisschen leben und so weiter, Karten spielen und Mensch ärger dich nicht und schön fernsehen.‹ Aber bei uns nicht. Da freuen sich alle richtig auf das Sterben. Sind ganz wild darauf, könnte man sagen. Warum?

Na ja, wegen der besonderen Pflegemethode, die sie bei uns entwickelt haben. Stand doch auch in der Zeitung. Das ist die Fixiermethode. Die extrem-stationäre Behandlung. Ja, also, dass man nicht mehr wegkommt vom Fleck. Die binden einen am Bett fest. Fixieren einen. ›Bitteschön, Herr Hagemann, dass ist alles nur zu Ihrem Besten. Damit Sie nicht rausfallen aus'n Bett und sich nicht verletzen.‹ Wer nicht angebunden ist ans Bett, kann ja noch rumlaufen. Und dadurch liegt er sich denn nicht durch. Nur wenn du lange genug durchgelegen bist, kommen denn die Schmerzen und so weiter – und denn zum Schluss freust du dich schon richtig aufs Sterben.

Herr Kleemann, der liegt neben mir. Mindestens eine Woche flüstert er immer vor sich hin: ›Ich möchte so gerne tot sein. Tot sein, das muss schön sein.‹ Also, das schaffen die in unserem Heim. Alles freut sich auf das Sterben. Wie eine Erlösung ist das. Und natürlich auch für Frankenstein. Also so nennen wir Alten den Herrn Gieseler, dem das Heim gehört. Weil Frankenstein ja dann einen höheren Patienten-Umschlag hat, wie er das nennt. Immer wieder neue Alte rein – und die Kasse bezahlt. Der schafft das sogar, der Frankenstein, dass ihm viele von den Alten noch ihre letzten Kröten vermachen. Er hat so eine majestätische Ausstrahlung. Und geht auch hin und wieder rum – mit seinem bärigen Humor: ›Na, Herr Möhlenberg, wie lange wollen Sie denn das Bett noch besetzen? Sie müssen auch mal an die anderen Alten denken. Die wollen alle mal ran und bei mir übern Jordan schlummern.‹ Ja, Humor hat er, der Frankenstein.

Aber bei mir ist das noch nicht so weit. Ich bin ja erst drei Wochen drin. Ich konnte allerdings zuerst auch gar nicht laufen, als ich mich losgerissen hatte. Aber denn ging das wieder. Irgendwie denk ich: Ich bin noch nicht so ganz bereit für die moderne Altenpflegemethode. Vielleicht spring ich heute Nacht dann lieber noch vor die U-Bahn. Mal was anderes.

Ach, Ihr kleiner Junge, wie heißt er denn?

Matilda? Ach so, ein Mädchen. Ja, eine Matilda hatten wir auch bei uns in Eichenhof. Sie lag immer nur und hat nach ihrem Erwin gejammert. ›Ach, mein Erwin, warum bist du nicht mehr bei mir? Du warst so gut zu mir.‹ Das war aber nicht ihr Mann, der Erwin. Hab ich ja zuerst gedacht. Nein, das war ihr Roboter. Ja, Matilda war eine von den ersten Alten, die sich einen Pflegeroboter leisten konnten. Zwölftausend Euro hatte sie dafür bezahlt. Gibt es ja schon. In ein, zwei Jahren haben das alle. Und sie hat immer geschwärmt von ihrem Erwin. ›Ach‹, sagt sie, ›das war meine schönste Pflegezeit. Die Altenpfleger hab ich abbestellt – die kamen ja sowieso immer nur drei Sekunden morgens und abends, schnell das Essen hingeknallt. Und kaum guten Morgen. Waren sie schon wieder weg. Aber mein Roboter. Der war ja netter als mein Herbert, also mein Verstorbener. Alle zehn Minuten hat er gefragt: ›Wie-geht-es-dir,-Matilda?-Kann-ich-etwas-für-dich-tun?‹ Hatte ein bisschen eine Metallstimme, aber immer noch menschlicher als der Pfleger. Erwin, mein Roboter, hat mich zugedeckt, hat mir die

Suppe heiß gemacht. Ein Radio hatte er eingebaut und da oben waren so zwei Glühbirnen, das waren seine Augen, die haben so liebevoll und menschlich geguckt. Da kannst du bei einem Pfleger lange drauf warten.

Abends stand er neben mein Bett, mein Erwin, und hat mir ne Geschichte erzählt.‹ Und dann kicherte sie: ›Man konnte sogar einstellen, dass er unter die Bettdecke fasst. Hihihihihi. Das war ein bisschen kalt – aber schöööön. Ich denk immer an mein Erwin. Wenn er wenigstens Weihnachten bei mir wäre.‹

Oha, ich glaub, dahinten kommt einer«, sagt der Alte und zittert jetzt noch stärker. »Ich versteck mich schon mal wieder hinterm Busch. Nicht sagen, dass Sie mich gesehen haben.«

Der alte Herr stupst schnell noch mal den Säugling Matilda an, winkt mit einer Hand der jungen Mutter zu und humpelt durch den Park davon.

O Tannenbaum!

Weihnachtsbäume sind angeblich teurer geworden. Und keiner weiß, warum. Liegt es daran, dass die polnischen Hilfskräfte, die sie absägen sollten, keine Lust mehr haben? Beim Spargelstechen sind sie ja auch kaum noch dabei. Was mag der Grund sein? Meine Frau sagt: »Das liegt ganz einfach an Weihnachten. Nur weil Weihnachten vor der Tür steht, werden die Weihnachtsbäume teurer. Das ist doch jedes Jahr dasselbe. Die nutzen das aus, die Tannenbaumbauern und die Verkäufer. Wenn man sich da beschwert, sagen die doch ganz kalt: Dann warten Sie doch bis nach Weihnachten – da sind die Bäume wieder billiger.«

»Augenblick mal«, sage ich, »warum nehmen wir die nicht einfach beim Wort? Warum können wir nicht Weihnachten einfach mal in unserer Familie um vierzehn Tage verschieben? Meinen Geburtstag feiern wir ja schließlich auch öfter mal eine Woche später, weil ich nicht zu Hause bin. Das hätte enorme Vorteile: Am ersten Weihnachtstag liegen die nicht gekauften Tannenbäume nur so auf der Straße herum. Da kosten sie gar nichts mehr. Wir müssen eben schlau und antizyklisch reagieren.«

Und überhaupt: Jedes Jahr nach Weihnachten ärgert meine Frau sich über die herabgesetzten Preise. »Guck mal hier«, sagt sie dann, »die gleiche lederne Tasche, die wir Raffaela gekauft haben, ist jetzt 100 Euro billiger! So eine Gemeinheit!«

»Ist doch unsere eigene Schuld«, sage ich. »Warum haben wir sie vor Weihnachten gekauft? Übrigens: Weihnachtsstollen, Schokoladen-Weihnachtsmänner, Weihnachtspapier, Spekulatius – alles, alles viel günstiger.«

»Ja, aber das bringen wir ja doch nicht fertig. Erst nach Weihnachten Weihnachten feiern«, sagt meine Frau. »Alle Freunde und Verwandten feiern Weihnachten und nur wir sind noch nicht so weit.«

»Das müssen wir eben aushalten. Und unsere Freunde auch. Die kriegen dann ihre Geschenke eben auch erst nach Weihnachten.«

»Ach Unsinn«, sagt meine Frau, »das ist alles nur graue Theorie. Das schafft sowieso keiner. Gegen diese gewaltige Weihnachtsstimmung, die jedes Jahr hereinbricht, kommt man einfach nicht an. Da kann man nichts machen.«

»Na, gut«, sage ich, »dann müssen wir eben in Bezug auf Tannenbaumpreise eine andere Strategie anwenden. Sieh es doch mal so: Der Preis eines Tannenbaums hängt auch mit seiner Nutzungsdauer zusammen. Ja, wenn wir den Baum gleich nach Weihnachten wieder auf die Straße werfen, dann stand er ja nur vier Tage. Wenn wir ihn aber zum Beispiel bis zu den Heiligen Drei Königen stehen lassen, dann steht er schon vierzehn Tage – und wird pro Tag immer billiger.«

Und schon fällt uns Tante Milla ein. Die Tante Milla aus Heinrich Bölls berühmter Weihnachtsgeschichte. Tante Milla wollte sich überhaupt nicht mehr von ihrem Tannenbaum trennen. Bis in den Sommer hinein feierte sie jeden Abend wieder Weihnachten, und der Engel sang dazu von der Christbaumspitze »Friede auf Erden«! Die Familie hat zwar sehr gelitten. Aber umgerechnet auf den Tag kostete der Baum praktisch gar nichts mehr!

Rotkäppchen und der böse Herr Wolff

Ein Weihnachtsmärchen

Der Auftrag

Zu Weihnachten gehört unbedingt auch ein Weihnachtsmärchen. Denn jedes Weihnachtsmärchen birgt ja auch einen tieferen Sinn in sich. Kinder und Eltern können moralische Kraft daraus schöpfen fürs Leben.

Es war einmal eine 35-jährige deutsche, alleinstehende Durchschnittsmutter, die hatte eine gute Tochter, die sie das Rotkäppchen nannte. Rotkäppchen war ein braves, sittsames Mädchen, aufmerksam und gut erzogen. Ein paar Tage vor Weihnachten rief die gute deutsche Durchschnittsmutter ihr gutes deutsches Durchschnittstöchterchen. »Rotkäppchen!«, rief die Mutter, »Rotkäppchen!« Aber das Rotkäppchen konnte seine Mutter nicht hören, weil es die Kopfhörer seines iPods im Ohr hatte und vor sich hin rappte.

»Hallo! Rotkäppchen!«, schrie die Mutter. »Hallo! Rotkäppchen! Hör mir doch zu!«

Da nahm das Rotkäppchen den linken Ohrstöpsel aus dem Ohr und rief zurück: »Ich will aber nicht wieder zur Oma! Ich will nicht wieder zu der blöden Oma! Ich höre grade den neuesten Rap von Samy Deluxe!« Dann freestylte sie um ihre Mutter herum und rappte: »Eltern sind zu nichts zu gebrauchen/, die sollte man alle in der Pfeife rauchen./Eltern sind nicht auszuhalten,/werft sie vom Balkon, die Alten! Yeah, Yeah Yeah!«

Da wusste die Mutter sich nicht anders zu helfen: Sie zog dem Rotkäppchen beide Ohrstöpsel aus den Ohren und sagte: »Ach, Rotkäppchen, mein Kind, ich meine es doch nur gut mit dir. Deine liebe Großmutter hat angerufen …«

Das eigentlich doch wohlerzogene Mädchen stampfte mit dem Fuß auf: »Schon wieder, schon wieder! Und jetzt soll ich wieder hin und soll die Alte trockenlegen.«

Die Mutter aber hatte immer noch so altmodische Moralvorstellungen. Darum sagte sie: »Aber Rotkäppchen, mein Liebling! Reiß dich zusammen! So spricht man doch nicht über seine liebe Großmutter.«

»Liebe Großmutter?«, rief das Rotkäppchen und verdrehte die Augen. »Jedes Mal, wenn ich die Mumie besuchen muss, hat sie mir schon wieder so ne doofe rote Mütze gestrickt. Und wehe, ich hab sie nicht auf: ›Rotkäppchen, wo ist denn dein rotes Käppchen? Hast du es schon wieder verloren?‹ Da kriegt man ja Pickel davon!«

Aber die Mutter gab keine Ruhe: »Nun hör mal, mein Kind. Oma hat schon wieder so starke Rheuma-Schmerzen. Sie braucht unbedingt eine Massage!«

»O, Gott!«, rief das Rotkäppchen. »Und ich soll die Scheintote wieder kneten?«

»Aber ja, meine liebe Tochter. Das kannst du doch so gut. Außerdem: Nur wer seine Oma gut pflegt, hat auch ein Anrecht auf das Erbe. So hat es unsere Regierung jetzt beschlossen.«

»Wieso denn Erbe?«, sagte Rotkäppchen. »Die Mumie besitzt doch nichts. Ich hab sie neulich gefragt: ›Wie viel Geld hast du eigentlich auf der Bank, Oma?‹ Da hat sie gesagt: ›Ich habe kein Geld auf der Bank. Die Bankleute sind doch alles Gauner, denen würde ich mein Geld niemals anvertrauen.‹«

»Na, siehst du wohl, mein Kind. Darum haben alle Omas ihr Geld auch immer unter dem Kopfkissen versteckt oder im Wäscheschrank oder im Garten vergraben. Aber nun beeile dich. Hier ist der Korb mit der Massagecreme, und ich habe noch eine halbe Flasche Rotwein dazu getan und eine halbe Packung von den Keksen neulich. Sei einmal im Leben folgsam und brav. Damit wir wenigstens eines Tages etwas von Oma erben. Wir leben von der Stütze und haben 3 947 Euro Miese allein durch deine ewigen Handygebühren.«

»Aber Wurfmaschine«, sagte Rotkäppchen, »wenn wir das Gammelfleisch immer noch pflegen …«

Da verlor die leidgeprüfte Mutter ihre sonst doch geradezu himmlische Geduld: »Wie bitte? Was hast du gesagt? Gammelfleisch? Wurfmaschine? Was soll das denn nun wieder heißen!«

»Aber Mama«, sagte das Rotkäppchen, »du bist einfach hinterm Mond! Wurfmaschine heißt Mutter und Gammelfleisch heißt Großmutter. Wieso kannst du kein Deutsch mehr?«

Die Mutter war nun einmal altmodisch und versuchte solche Entgleisungen einfach zu überhören: »Schluss jetzt, Kind!«, schimpfte sie. »Wie du sprichst! Das ist eine Sünde. Deine Oma hat dich lieb. Du machst dich jetzt auf den Weg.«

»Auf den Weg machen? Du meinst wohl, ich soll jetzt meine Socken scharf machen.«

»Wie bitte? Was ist mit deinen Socken?«

»Scharf machen«, sagte Rotkäppchen. »Socken scharf machen. Losgehen. Sag mal, Mama, du schnallst ja wohl überhaupt nichts mehr.«

»Ach Kind«, seufzte die Mutter wieder, »Wenn dein Vater das wüsste!«

»Mein Vater?!«, da wurde Rotkäppchen zum ersten Mal hellhörig. »Ich hatte einen Erzeuger? Das ist ja ganz was Neues. Ich denk, mein Vater war nur irgend so ein Hobby-Angler!«

»Kind, hör auf. Ich verstehe dich nicht mehr«, sagte die Mutter. »Dein Vater ist zwar abgehauen, aber ein Angler? Er war doch kein Angler!«

»Hobby-Angler, Wurfmaschine. Ein Playboy! Einer der überall mal seine Angel reinsteckt. Deutsch lernen, Mama, endlich mal richtig Deutsch lernen.«

»Geh jetzt bitte los, Rotkäppchen«, sagte die Mutter. »Ich halte es bald nicht mehr aus. So, jetzt setz bitte dein Käppchen auf. Und lass dich nicht von fremden Männern anreden unterwegs.«

»Nein? Warum denn nicht, Vorfahrin? Meine Freundin Jenny hat neulich einer angesprochen und hat sie gleich gefragt, ob sie nicht ein bisschen mit ihm knuseln will.«

»Knuseln, was heißt das jetzt wieder?«

»O, Mama, man muss sich ja richtig schämen für dich: Poppen, heißt das. Zusammen schlafen.«

Und noch einmal hätte Rotkäppchens Durchschnittsmutter fast die Fassung verloren: »Um Gottes willen«, rief sie erschüttert aus. »Das hat sie doch wohl nicht gemacht?!«

Da reichte es dem Rotkäppchen. So viel Naivität kann ja kein Mädchen von heute ertragen. »Nein, meine Mutter«, sagte sie. »Jenny war grade nicht müde!«

Und das brave, wohlerzogene Durchschnittstöchterchen Rotkäppchen nahm den Korb und verließ das Haus und sang dabei: »Eltern sind zu nichts zu gebrauchen/die sollte man alle in der Pfeife rauchen.«

Die Mutter aber stand in der Tür, sah ihr nach und seufzte: »Mein Gott, was soll aus Deutschland werden.«

Die Versuchung

So war das Rotkäppchen also unterwegs zu seiner Großmutter. Fröhlich ging es durch den Wald und sang dabei das Rotkäppchen-Lied:

Lass dich nicht ansprechen, mein Kind
auch wenn die Leute freundlich sind.
Die Blumen, die am Wege stehn,
sie duften und sind wunderschön.
Doch wenn du dich nach ihnen bückst:
schon haben sie dich ausgetrickst.
Pass auf, mein Kind, im deutschen Land,
da lauern sie am Wegesrand.
Da säuselt einer am Telefon:
Sie haben gewonnen ’ne Million,
ein Auto und ein Eigenheim.
Sie müssten nur so freundlich sein,
den Hauptgewinn in zwei Quartalen
gefälligst selber abzuzahlen.
Und wieder hast du mal zu spät begriffen:
Wer an Versprechen glaubt, ist in den Arsch gekniffen!

Sie setzte sich auf den Boden des Waldes und packte die Sachen aus ihrem Korb aus. »Ich bin zwar erst 13 Jahre alt«, sprach das Rotkäppchen vor sich hin, »aber ich bin doch nicht doof. Ich heiß doch nicht Doofmädchen, sondern Rotkäppchen. Von wegen: ›nicht ansprechen lassen.‹ Mein ganzer Korb hier ist jetzt voller köstlicher Sachen. Weil mich nämlich vorhin eine Uschi angesprochen hat. Die hat gesagt, sie ist eine Ministerin. ›Wie alt bist du?‹, hat sie gefragt. Ich sage: ›13, Alte.‹ – ›Das ist grade das richtige Alter‹, sagt sie. ›Du sollst nämlich meine Kinderspionin sein. Du gehst jetzt bitte für mich in einen Feinkostladen und sagst dem Verkäufer, du möchtest bitte eine Flasche Wodka kaufen und eine Flasche Cognac und drei Flaschen Wein und eine Flasche Korn. Und wenn der Verkäufer dich fragt, wie alt du bist, dann sagst du zu ihm: Ich bin achtzehn. Und wenn er dir dann den Alkohol verkauft, dann kommst du zu mir und bringst mir die Sachen und meldest ihn mir. Dann werde ich den Verkäufer verhaften lassen, und du kriegst eine Urkunde von mir.‹

Ich sag zu der Tüte: ›Meine Mutter hat mir aber immer wieder gesagt, man darf nicht lügen.‹

Da lümmelt sie mich an und sagt: ›Dann erklärst du deiner Mutter, dass ich eine Ministerin bin und zuständig für die Erziehung. Und du sagst ihr, ich hätte erkannt, dass die Kinder zuallererst mal das Lügen und das Täuschen lernen müssen, sonst bringen sie es zu nichts im Leben.‹ Und außerdem: Ich soll mir ein Beispiel nehmen an allen großen Männern in der Wirtschaft, hat sie gesagt, zum Beispiel bei Siemens und bei Mannesmann und bei Daimler. Wenn die nicht immer gelogen und getäuscht hätten, wären sie nie so groß rausgekommen.‹

Na ja, das habe ich natürlich geschnallt und gleich selbst inhaliert, hab den Verkäufer bisschen angebaggert, da hat er mir alle die Sachen hier verkauft. Aber die bringe ich doch nicht dieser Ministerin, sondern meiner Oma. Wenn schon täuschen, dann gleich richtig.«

So saß das Rotkäppchen noch eine Weile und gönnte sich sogar einen kleinen Schluck Wodka. Da trat plötzlich ein schwarz gekleideter Mann aus dem Gebüsch, der trug auch noch einen weißen Kragen und hatte so ein Kruzifix am Hals hängen.

»Gott segne dich, meine liebe Tochter«, laberte der Typ das Rotkäppchen an. »Es ist gefährlich für ein kleines Mädchen so allein im Wald. Komm lieber mit mir in meine kleine Waldkapelle, da wollen wir zusammen beten und ich beschütze dich!«

Da aber sprang das Rotkäppchen sogleich entrüstet auf, warf blitzartig seine Sachen wieder in den Korb und rief: »Na, du hast mir grade noch gefehlt. Du willst mir doch nur untern Rock fassen, du Kinderschänder! Ich gehör doch nicht zu den Regensburger Domspatzen. Fick dich selber, alter Wichser! Nicht mit Rotkäppchen. Da musst du schon bisschen früher aufstehen!«

Und sie lief weiter in den Wald hinein. Aber der Mann im Priestergewand rief hinter ihr her: »Halt, Rotkäppchen, so bleib doch stehen. Das war doch nur ein Testversuch. Ich hatte mich für diesen Test nur verkleidet. Sieh doch noch einmal her!«

Da sah das Rotkäppchen sich um und fing nun doch an zu staunen: Der vermeintliche Priester hatte sein schwarzes Gewand abgeworfen und stand nun plötzlich in einer golden glitzernden Jacke da, blaues Licht umgab ihn und er rief: »Mensch, Rotkäppchen, du geile Märchenfigur: Herzlichen Glückwunsch, du hast den ersten Test bestanden. Du bist ja bis an die Zähne bewaffnet.«

»Wie bitte? Ich bin nicht bewaffnet«, sagte Rotkäppchen.

»Deine Waffe ist deine Stimme. Einfach mega-geil. Ich sag Ja zu deinem Recall. Kennst mich doch. Ich bin der Dieter!«

Und obwohl das Rotkäppchen doch eigentlich ganz ausgebufft war, bekam es jetzt weiche Knie wie alle kleinen Mädchen im Lande. »Ich glaub, ich bin im Wald«, sagte das Rotkäppchen. »Du bist der Dieter Bohlen? Und ich bin wirklich weiter bei Deutschland sucht den Superstar?«

»Na klar, alles was ich anfasse, wird zu Gold.«

Er lachte sein freches Lachen. »Verona zum Beispiel, meine erste Frau, habe ich drei Wochen angefasst – und das reichte ihr schon. Jetzt kann sie davon leben.«

»O, wie schön. Was muss ich tun, wo soll ich singen?«

»Erstmal sagst du mir, wo deine Großmutter wohnt«, sagte der Mann im Glitzeranzug.

»Waldstraße 14, in ihrem kleinen Häuschen«, sagte das Rotkäppchen mit Glückstränen in den Augen. »Waltraut Grimm steht draußen dran.«

»O.k.«, sagte der Glitzermann, »ich geh dann schon mal vor. Du kommst nach und dann mache ich einen Casting-Vertrag mit dir. Aber vorher musst du noch viel üben. Du hast ein glänzendes Talent!« Leise fügte er hinzu: »Ein Talent, das durch Abwesenheit glänzt.« Damit verschwand er in Richtung Großmutter. Das arme Rotkäppchen aber war schon ganz albern vor Glück. Sofort fing es wieder an zu singen:

Doch einmal spricht dich einer an,
der ist vom Fernsehen, ja dann:
das große Glück fängt für dich an.
Was er von dir verlangt, der Mann,
da gibt's kein Nein, du musst es tun:
er sagt: Leg Eier wie ein Huhn,
mach dich zum Affen wie ein Schwein,
so muss es sein, so muss es sein.
Zeig, was du hast – ob schön, ob krumm.
heb deinen Rock und dreh dich um,
lass in der Maske dein Gehirn,
es würde sowieso nur stör'n.
Du wirst bestimmt die Beste sein,
zeigst du nur Titten, Arsch und Bein!

Wozu nur lebst du, Mädchen, hast du nicht begriffen:
Wer nicht ins Fernsehn kommt, ist in den Arsch gekniffen!

Der böse Herr Wolff

Rotkäppchens Großmutter, die alte Dame Waltraut Grimm, wartete auf ihr liebes Rotkäppchen. Sie putzte und fegte ihr kleines Häuschen aus, das tief im Walde stand. Dabei sang sie nach der berühmten Melodie von »Unsre Oma fährt im Hühnerstall Motorrad«:

Ich bin die Oma und ich hab ein kleines Häuschen,
kleines Häuschen, kleines Häuschen.
Als mein Heinz noch lebte, hat er für das Häuschen
'nen Kredit bekommen von der lieben Bank.

Mein Rotkäppchen wird es eines Tages erben,
Tages erben, Tages erben,
Doch bis dahin – denn ich will ja noch nicht sterben
wohn ich glücklich hier im Wald mein Leben lang.

Draußen schlich ein Mann um das Häuschen herum. Es war derselbe, den das Rotkäppchen zuvor für den großen Entertainer und Kotzbrocken Dieter Bohlen gehalten hatte. Jetzt trug er aber einen Trenchcoat und hatte eine Aktentasche unter dem Arm. Sah aus wie einer dieser typischen Vertreter für Versicherungen oder Geldanlagen.

Er las den Namen der Großmutter an der Tür und klopfte.

Die Großmutter aber rührte sich nicht. Sie hörte auf zu putzen und blieb mucksmäuschenstill.

»Hallo, Frau Waltraut Grimm. Sind Sie zu Hause?«, rief der fremde Mann.

»Nein, ich bin nicht zu Hause«, rief die Großmutter. »Und ich lasse auch niemanden herein.«

»Ja, das ist auch sehr gut so, liebe Frau Grimm,« rief der Vertreter. »Das sollten Sie auch auf gar keinen Fall tun. Es gibt zu viele böse Betrüger heutzutage. Aber ich habe hier ein neues Türsicherheitssystem für Sie – damit Sie vor Einbrechern und Vertretern sicher sind und Ihnen die Tür gar nicht erst aufmachen.«

Da wurde die Großmutter denn doch neugierig. Ein besonders sicheres Sicherheitsschloss, das wollte sie immer schon mal haben. Sie öffnete die Tür einen kleinen Spalt. »So, so. Ein Sicherheitsschloss«, sagte sie. »Ja, das wäre nützlich. Aber ich muss vorsichtig sein. Neulich war schon einmal ein Herr hier, der hat mir eine Zeitschrift für Bohrmaschinen gezeigt. Und jetzt muss ich die jeden Monat bezahlen. Ich brauche aber keine Bohrmaschinen.«

»Was gibt es nur für schlechte Menschen«, rief der Mann vor der Tür. »Aber gerade darum müssen Sie doch ein Sicherheitssystem gegen Einbrecher und Vertreter haben. Das weiß man ja: Ausgerechnet ältere Menschen werden immer betrogen von all diesen Vertretern, die ihnen die Tür einrennen.«

»Ja, das ist wahr«, sagte die Großmutter. Aber vorsichtshalber fragte sie: »Was kostet es denn, wenn Sie so ein besonders sicheres Sicherheitsschloss anbringen?«

»Kosten? Wo denken Sie hin«, rief der Vertreter. »Das kostet gar nichts. Das ist kostenlos. Das ist unser Seniorenservice: Senioren sollen sicher wohnen. Sie haben bei unserer Auslosung gewonnen.«

Da hatte er die Großmutter überredet. »Na gut, dann bringen Sie es meinetwegen an.«

»Na, wunderbar! Dann müssen Sie aber jetzt nur mal eben kurz die Tür aufmachen, damit ich das besonders sichere Sicherheitsschloss gegen Vertreter und Einbrecher aktivieren kann.«

»Ja, ja, natürlich. Entschuldigen Sie«, sagte die Großmutter und ließ den fremden Mann herein.

»Guten Tag, Frau Grimm«, sagte der Mann. »Mein Name ist Wolff. Werner Wolff. Jetzt händigen Sie mir bitte mal eben Ihren Haustürschlüssel aus.«

»Meinen Haustürschlüssel? Wozu brauchen Sie den denn?«

»Wozu wohl«, sagte Werner Wolff. »Um Ihr ganz persönliches Sicherheitssystem für Ihren alleinigen Gebrauch gegen Einbrecher und Vertreter zu aktivieren.«

Da überreichte die Großmutter dem Herrn Wolff ihren Haustürschlüssel. Herr Wolff hielt den Schlüssel in die Höhe und sagte: »So, jetzt passen Sie mal ganz genau auf, Frau Großmutter Grimm. Sie nehmen diesen Schlüssel und stecken ihn folgendermaßen in Ihr Türschloss.«

Er machte ihr vor, wie man einen Schlüssel ins Türschloss steckt. Großmutter sah aufmerksam dabei zu. »Und dann«, sagte der Herr Wolff geradezu feierlich, »dann drehen Sie ihn im Uhrzeigersinn herum. Sehen Sie so.« Und er zeigte ihr, wie man einen Schlüssel im Schloss umdreht.

»Dann ziehen Sie den Schlüssel wieder heraus!«, sagte er und tat es. »Jetzt ist Ihr besonders sicheres Sicherheitssystem gegen Einbrecher und Vertreter eingeschaltet.« Damit legte er Großmutters Haustürschlüssel in ein kleines Holzkästchen, das er aus der Tasche zog, und überreichte es ihr. »Bitte schön. Herzlichen Glückwunsch.«

Die Großmutter war beeindruckt. Es war ihr zwar, als hätte sie irgendetwas nicht verstanden. Aber das mochte sie natürlich nicht zugeben.

»Aber was ist denn überhaupt los mit Ihnen, Oma? Sie humpeln ja. Haben Sie etwa Rheuma?«, fragte Werner Wolff und tat besorgt.

»Ach ja, es ist ein Elend. Das ist mein Rheuma. Aber gleich kommt mein Rotkäppchen und massiert mich. Die massiert mich nämlich immer dort auf dem Tisch. Das tut so gut.«

»Ach ja, das Rotkäppchen«, sagte Herr Wolff. Dann nahm er das alte Telefon in die Hand, das bei der Großmutter auf der Kommode stand. »Um Gottes willen«, rief er, »Sie haben ja noch nicht einmal ein Telefon mit Flatrate für den Anti-Rheuma-Empfang. Das ist ja ganz schlimm. Das brauchen Sie doch als alter Mensch. Und wo Sie das Rheuma so plagt.«

»Ein was, bitte?«, fragte die Großmutter. »Ein Anti-Rheuma-Schrank?«

»Anti-Rheuma-Empfang!«, sagte der Herr Wolff. »Aber Großmutter, wussten Sie das denn noch nicht. Unser Provider Mediphone bietet Ihnen mit dem neuen Call-through-Call-by-Call mit Callback für Ihren Auslands-Special-Tarif einen Anti-Rheuma-Empfang.«

Die Großmutter guckte nur verständnislos.

»Passen Sie auf: Sie nehmen den Telefonhörer ab und dann rufen Sie diese lange Nummer hier an. Da erklingt dann eine Melodie. Dann nehmen Sie den Hörer und halten ihn mit der Muschel hier direkt gegen die Stelle, wo Sie Ihr Rheuma haben.«

Er gab ihr einen Zettel mit einer Service-Nummer (zwei Euro pro Minute).

»Dann kommt hier Musik aus dem Hörer, Oma. Sofort

hältst du den Hörer unter deinen Rock an die Stelle, wo dein Rheuma sitzt. Am besten in deinen Schlüpfer, damit die Musik direkt gegen die Haut spielt. Das ist der Anti-Rheuma-Empfang mit der Anti-Rheuma-Strahlung. Die musst du dann aber mindestens zehn Minuten ranhalten. Und das fünfmal am Tag. In einem Monat ist dein Rheuma verschwunden, Oma.«

»Was? Mein Rheuma ist verschwunden? Ach, das wäre ja schön. Wer ist denn das, den ich da anrufe?«

»Das spielt keine Rolle«, sagte Herr Wolff. »Da kommt Musik raus – aber die musst du nicht hören, sondern nur so gegen deine Hüfte halten. Das ist die allerneuste Heilmethode aus Amerika.«

»Das wäre ja wunderbar«, strahlte die Oma, »wenn mein Rheuma weggeht.«

»Alles klar, Oma, dann bitte nur noch hier den Vertrag unterschreiben: Call by Call by Callback – Call dir mit dem Mediphone dein Rheuma weg. Bitte hier ...«

Aber da wurde die Großmutter denn doch noch einmal misstrauisch. »Unterschreiben? Unterschreiben soll ich?«, fragte sie ängstlich. »Nein, nein, das tu ich nicht. Das darf ich nicht. Das hab ich meinem Heinz versprochen. Noch auf seinem Sterbebett: Niemals etwas unterschreiben bei fremden Männern, hat er gesagt. Versprich mir das. Nichts unterschreiben, das hat er gesagt.«

Da seufzte der Herr Wolff nur kurz und sagte: »Sehr richtig, Großmutter. Ein kluger Mann muss das gewesen sein. Dann rufen Sie ihn doch eben mal an, Oma. Sagen Sie ihm doch Bescheid.«

Die Großmutter verstand wieder nichts. »Anrufen? Aber das geht doch nicht. Er ist doch tot, mein Heinz. Er ist doch schon seit fünf Jahren tot.«

»Ja, das weiß ich doch, Großmutter Grimm. Aber dann

können Sie ihn doch wenigstens mal anrufen.« Dabei drehte er das Telefon um und sah auf die Rückseite. »Um Gottes willen!«, rief er aus. »Jetzt verstehe ich erst: Sie haben ja noch nicht einmal eine Satelliten-Connection über ISDN ins Internet zum Skyking? Also so was!« Herr Wolff sah die Großmutter an und stemmte vorwurfsvoll die Hände in die Hüften: »Sie lassen Ihren Mann sterben und haben ihn seitdem nie mehr angerufen?«

»Wie bitte?«, fragte Großmutter. »Ja, wieso, kann man denn das?«

Da hob Herr Wolff die Hände zum Himmel und war die Empörung selber: »O Gott, wie man die alten Leute heute betrügt«, jammerte er. »Nur weil sie mit der Hightech-Entwicklung nicht Schritt halten können, verschweigt man ihnen die segensreichsten Möglichkeiten. Die oberen Zehntausend, die sich im Internet auskennen, die telefonieren doch alle jeden Tag mit ihren Verstorbenen. Was meinen Sie denn, wozu die ganzen Satelliten im Weltraum rumfliegen, Großmutter? Die sind direkt über die Milchstraße mit dem Sky-Economic-Center verbunden, wo die Verstorbenen gespeichert sind.«

Großmutter war verwirrt. Konnte denn das wahr sein? Dass sie ihren Heinz noch einmal sprechen durfte?

»Wie? Ist das wirklich wahr, Herr Wolff? Ich könnte wieder mit meinem lieben Heinz telefonieren?«

»Wenn ich es Ihnen doch sage«, sagte Herr Wolff. »Der ist doch schon ganz traurig. Der wartet doch jeden Tag auf Ihren Anruf, Ihr Heinz.«

Dann legte er ein anderes Formular auf den Tisch und drückte die Großmutter auf den Stuhl. »Ganz kleiner Aufpreis«, sagte er. »Hier das ist der Call-by-Call-by-Skyline-Deadbody-Tarif. Hier bitte unterschreiben.«

Aber die Großmutter war noch immer etwas auf der Hut. »Kann ich denn nicht erst mal meinen Mann hören und dann erst unterschreiben?«, fragte sie ganz schüchtern.

Da tat Herr Wolff so, als wenn seine Geduld nun wirklich am Ende sei. »Frau Grimm«, sagte er ärgerlich, »das geht jetzt zu weit. Dies hier ist sozusagen ein Vertrag mit dem Himmel. Wollen Sie etwa den lieben Gott verdächtigen, dass er Sie betrügt? Also: Wenn Sie Ihren Mann sprechen wollen, dann hier unterschreiben und basta. Sonst wird nichts daraus!«

»Ja, natürlich. Entschuldigung. Danke. Hier, nicht wahr?«, sagte die Großmutter. Und sie unterschrieb den Vertrag, ohne auch nur ein Wort davon gelesen zu haben.

»Na, endlich«, sagte Herr Wolff, zog ihr den Vertrag weg und tat ihn in seine Aktentasche.

»Kann ich jetzt mit meinem Heinz telefonieren?«, fragte die Oma voller Vorfreude.

»Aber selbstverständlich«, sagte Herr Wolff. »Da brauchst du jetzt nur in deine Besenkammer zu gucken, Oma.«

»In meine Besenkammer?«

»Weil da jetzt ein Bildschirm drin ist, da siehst du gleich deinen Heinz über Skype-Phone-Callback.«

Er schob die alte Frau vor die Besenkammer. Dann zog er ihr noch blitzschnell Schlafrock und Bettmütze aus, schlug ihr kurz mit der Faust auf den Kopf, schubste sie in ihre Besenkammer und schloss ganz fest von außen ab.

»Na, Gott sei Dank«, murmelte Herr Wolff. »Die Alte hab ich gefressen. Aber wo sind nun die Mäuse? Wo hat die alte Hexe ihre Kohle versteckt? Ich such zuerst mal da draußen in ihrem Garten. Vergraben im Garten steht mit an erster Stelle beim Geld-Verstecken.«

Und der böse Herr Wolff ging in den Garten, um nach Omas Geld zu graben.

Die Operation

Er grub den ganzen Garten um, der böse Herr Wolff. Aber nirgends fand er eine Kassette oder einen Behälter mit Gold. Da ging er zurück ins Häuschen und schimpfte vor sich hin: »Wo hat die Alte denn nur ihr Geld versteckt? Im Garten ist es nicht. Muss ich also im Haus danach suchen.«

Aber als er gerade auf den Knien lag, um unter Omas Bett nachzusehen, da kam schon das liebe Rotkäppchen heran. Fröhlich sang es noch immer sein schönes Rotkäppchen-Lied für DSDS:

Geh nie vom Wege ab, mein Kind.
Auch wenn die Männer freundlich sind …

Schon wollte das Rotkäppchen durch die kleine Haustür eintreten, da überlegte es noch einmal.

»Will doch mal sehen«, sagte es bei sich, »was die Mumie da drinnen treibt. Vielleicht hat sie ja gar kein Rheuma.«

Rotkäppchen schlich ums Haus herum, bis sie das Fenster zur Wohnstube erreicht hatte, dann kletterte sie auf einen Haufen Briketts, den die Großmutter draußen aufgestapelt hatte, und blickte von außen ins Haus.

Und was musste sie da sehen?

Den bösen Herrn Wolff, der gerade unter dem Bett der Oma nachsah, ob sie dort ihr Geld versteckt hätte.

Und sie hörte, wie er fluchte: »Verdammt, wo hat die alte Hexe ihre Kröten versteckt? Ich hab ihr zwar einen Handy-Vertrag angedreht, obwohl sie gar kein Handy hat und einen Plasma-Flachbildschirm zu 3000 Euro. Das hat die gar nicht mitgekriegt, die ist ja auch schon tüdelig. Aber ihre Mäuse, die muss sie doch irgendwo versteckt haben. Das dusselige Rotkäppchen kommt ja auch gleich angerannt und will seinen Casting-Vertrag abholen.«

Und Rotkäppchen sah, wie der böse Herr Wolff den Schlafrock der Großmutter anzog und sich ihre Bettmütze aufsetzte.

»Das dämliche Rotkäppchen werde ich auch über den Tisch ziehen«, hörte sie ihn sagen. »Von wegen Casting-Vertrag. Der werde ich ein iPhone verkaufen und einen Laptop, ehe sie einmal Piep gesagt hat. Und dazu noch die ganze Puma-Collection. Da stehen die albernen Hühner ja drauf. Aber wo, verflucht, sind die Mäuse?«

Er krabbelte auf dem Boden herum und verschwand schließlich fast unter Omas Bett. Das Rotkäppchen musste das alles mit ansehen. Da wurde es nun richtig sauer.

»Oooooo! Ooooooo!«, rief das Rotkäppchen, stampfte mit den Füßen auf und legte erstmal richtig los. »Dieser Fiesling, diese Monsterbacke, diese Evolutionsbremse, Sitzpisser, verfluchter, du Dönergesicht, ich mach dich zur Morchel!«, rief sie. »Ich hatte mich so gefreut. Ich habe so schön Singen geübt. Ich dachte schon, ich werde Deutschlands Superstar! Das soll er mir büßen. Dieser Karussell-Bremser, dieses Teflongesicht, dieser Bratwurstprinz! Und ich dummes Ding hab ihm noch Omas Anschrift verraten!« Sie ballte die kleinen Fäuste. »Den bringe ich um. Den mach ich alle. Dem schneide ich sein Ding ab.« Dann sah sie sich im Garten um. »Wo ist die Gartenschere?« Gleich fand sie sie hinter den Rosen. Dort fand sie auch eine Rolle mit Band, das für das Hochbinden der Rosen gedacht war. »Nimm dich in acht, du Schuft, du Arschgesicht du!«, rief sie und stürmte ins Haus.

Drinnen hatte sich inzwischen der böse Herr Wolff als Großmutter verkleidet, sich dazu noch eine dicke Brille aufgesetzt und das Hörgerät der Oma an sein Ohr gehalten. Als das Rotkäppchen hereinkam, rief er mit verstellter Stimme: »Hallo, Rotkäppchen, mein liebes Rotkäppchen, Da bist du ja. Der liebe Herr Wolff war hier und hat mir einen Casting-Vertrag für dich hier gelassen. Den soll ich mit dir unterschreiben. Ein netter guter Mann. Er hat gesagt, du wirst ein Superstar. Ja, hab ich gesagt, das Rotkäppchen kann ja auch so schön singen.«

»Ist ja echt geil, Oma«, presste das Rotkäppchen mit erstickter Stimme heraus. »Warum hast du denn so ein großes Ohr?«

»Damit ich dich besser singen hören kann.«

»Und warum hast du so dicke große Glotz-Augen, Oma?«

»Damit ich dich besser sehen kann. Wenn du dich gleich mal ausziehst und mir was vortanzt.«

Ja, davon träumst du wohl, du Hühnerwichser, dachte das Rotkäppchen. »Aber jetzt leg dich erst mal auf den Tisch, liebe Oma, damit ich dich massieren kann.«

Das Rotkäppchen warf den bösen Herrn Wolff mit einem Judo-Griff – denn sie hatte doch schon den gelben Gürtel – auf den Tisch. Ehe sich der böse Herr Wolff versah, lag er der Länge nach auf dem Tisch. Das Rotkäppchen sprang hinauf und hatte ihm zweimal rechts, zweimal links und ruck-zuck mit dem Rosenstock-Gartenbedarf Arme und Beine gefesselt.

Der böse Herr Wolff war so überrascht, dass er sich nicht wehren konnte. Er rief nur »Hilfe! Hilfe!« und vergaß, dass er eigentlich seine Stimme verstellen musste.

»Ach, sieh mal einer an«, rief das Rotkäppchen, »Du bist ja gar nicht meine liebe Großmutter. Du bist ja der Kotzbrocken Dieter Bohlen, der mich zum Superstar machen wollte. Wie schön, dich wiederzusehen, du lebendes Gammelfleisch, du Ekel-Eumel, du Spanner, du Schuft!«

»Hilfe, bind mich wieder los. Nimm da deine gefährliche Waffe weg«, rief Herr Wolff.

Aber das Rotkäppchen nahm die Gartenschere und setzte sie schon einmal dem Wolff auf den Bauch.

»Wo hast du Omas Kröten, Omas Kies, du Fiesling, du falscher Dieter-Bohlen-Knecht. Wo hast du Omas Mäuse?«

»Ich weiß es nicht. Ich weiß es doch nicht. Die habe ich doch nicht gefunden«, wimmerte der böse Wolff.

»Dann schneid ich dir jetzt den Bauch auf«, rief das Rotkäppchen und piekste den Wolff schon mal in seine Bauchfettschicht. »Du wolltest Dieter Bohlen sein, darum höre jetzt auch, was Dieter Bohlen über dich sagen würde: Der Unterschied zwischen dir und einem Eimer Scheiße, würde er sagen, ist nur der Eimer! Du hast Omas Mäuse verschluckt. Die schneide ich dir jetzt aus dem Bauch raus!«

»Hilfe, sie bringt mich um!«, schrie Herr Wolff aus Leibeskräften und das Blut spritzte schon aus seinem Bauch. »Sie bringt mich um!«

In diesem Augenblick ging mit einem großen Krach die Tür zur Besenkammer wieder auf. Heraus stürzte die Großmutter, nur noch mit ihrem Riesenbüstenhalter und ihrem Riesenschlüpfer bekleidet.

»Wo bin ich?«, rief sie. »Ich will mit meinem lieben Heinz telefonieren.«

»Helfen Sie mir, Großmutter«, flehte der böse Herr Wolff von seinem Tisch herab. »Die Wahnsinnige will mich aufschneiden. Hilfe! Hilfe!«

Da erkannte die Großmutter ihre liebe Enkelin: »Rotkäppchen, mein Rotkäppchen. Ich war ohnmächtig. Da bist du ja.«

»Der Einbrecher hier, das Monstergesicht, hat dein Geld verschluckt, Oma. Ich schneide es ihm aus dem Bauch heraus.«

»Aber nein, mein Kind«, rief die Großmutter. »Halt, halt! Ich trage doch mein Geld immer bei mir – hier in meinem Büstenhalter.« Damit zog sie zwei Säcke so groß wie zwei Turnbeutel aus ihrem Riesen-BH.

»Verdammt, da hätte ich ja lange suchen können«, knurrte der böse Herr Wolff vor sich hin.

»Schnauze, du Vollrind!«, rief Rotkäppchen, »dann schneide ich dir eben den Casting-Vertrag aus dem Leib, du Grufti!« Und sie holte wieder mit der Schere aus und wollte sie ihm in den Bauch stechen.

Da aber fiel ein Schuss!

Alle erstarrten.

In der Tür stand ein Mann im blauen Nadelstreifenanzug, der hatte auch eine Aktentasche unter dem Arm, aber so eine ganz moderne, mehr ein Köfferchen.

»Guten Tag, mein Name ist Jäger«, sagte er. »Ich bin Konkursverwalter und komme von der Corporation Lehman Brother, Germany. Ihr Haus ist gepfändet, Frau Waltraut Grimm. Ich werde es jetzt mitnehmen.«

»Wie bitte, was ist los?«, rief Rotkäppchen entsetzt und zog die Schere wieder aus dem Bauch des Herrn Wolff.

»Mein Häuschen ist gepfändet?«, fragte die Großmutter. »Wie kommen Sie denn darauf? Das Häuschen gehört doch mir.«

»Irrtum«, sagte Herr Jäger. »Ihr Haus gehört Lehman Brother, Germany. Wir haben schon vor fünf Jahren die

Hypothek Ihres Mannes aufgekauft und zwar bei der Hamburger Sparkasse, Ihrer sogenannten Hausbank. Ihre beiden Geldbeutel da, die reichen ja nicht mal für die Kontogebühren.«

»Aber hören Sie, ich bin doch das Rotkäppchen«, rief das Rotkäppchen.

»Und ich bin der böse Herr Wolff«, rief der böse Herr Wolff.

»Und ich, ich bin die Großmutter«, rief die Großmutter Waltraut Grimm. »Wir sind doch alle aus dem Märchen.«

»Papperlapapp!«, sagte Herr Jäger. »Die märchenhaften Zeiten sind vorbei. Es war einmal! Hier die amtliche Urkunde für die Zwangsversteigerung!«

Er hielt der Großmutter die Urkunde vor die Nase. Dann klappte er das ganze Häuschen zusammen, steckte es in sein Aktenköfferchen und schritt von dannen.

Rotkäppchen, die Großmutter und der böse Wolff aber waren fix und fertig. Sie standen nur da und fingen noch einmal an zu singen:

Zuerst das Rotkäppchen:

Erst sind sie nett und schmeicheln dir.
Ach, unterschreiben Sie doch hier.
Doch kaum setzt du den Stempel drauf,
schon schneiden sie den Bauch dir auf.

Dann die Großmutter:

Erst laufen sie dir hinterher
mit dem Kredit, hier bitte sehr.
Doch warte nur: schon übers Jahr
gehörst du ihnen mit Haut und Haar.

Dann der böse Herr Wolff:

Da ist man nun Vertreter schon
bescheißt die Leut für Provision.
Doch gegen diesen Bankverein
bin ich auch nur ein armes Schwein.

Und dann alle drei zusammen:

Wir hoffen, Leute, ihr habt es nun echt begriffen:
Der kleine Mann ist immer in den Arsch gekniffen!

Da erlosch das Licht, die Weihnachtsmärchenvorstellung war zu Ende, und alle Leute gingen nach Hause.

Den Menschen ein Wohlgefallen

Am Kiosk am Bahnhof Heiligabend um sieben
steht Ewald, der Penner, ein Bier in der Hand.
Um fünf Uhr schon hat ihn die Streife vertrieben
von seinem Schlafplatz, der Bahnhofsbank.

Vor zehn Jahren, als Ewald den Lappen verlor
als Lkw-Fahrer, hat er noch gelacht.
Jetzt kommt ihm das Leben wie ein Albtraum vor:
Das Arbeitslos-Sein hat ihn fertiggemacht.

Frohe Weihnachten, hört man Ewald noch lallen.
Und den Menschen ein Wohlgefallen.

Alina ist eingesperrt längst in Berlin.
Aus Georgien haben sie sie rübergeschleust.
Für dreitausend Euro zusätzlich Benzin.
Jetzt weiß sie, was »Arbeit als Kellnerin« heißt.

O du fröhliche, herrliche Weihnachtszeit:
Zwölf Freier am Tag schickt der Russe ihr rein.
Bis fünf Uhr am Morgen die Beine breit,
sonst schlägt er ihr wieder die Fresse ein.

Inklusive Getränke und Stöhnen bei allen:
Und den Menschen ein Wohlgefallen.

Aus Angst vor dem Pfaffen hat sie das Kind
zur Welt gebracht, aber dann, so sagt sie:

Wer hätt es genommen, dass ich Arbeit find?
Bei fünfzehn Grad minus darum legte sie

das Bündel vors Haus am Rande der Stadt
und weinte und hoffte, man findet es bald
und dass es dann Eltern mit Einkommen hat.
Aber fünfzehn Grad minus ist einfach zu kalt.

Ohne Arbeit bist du hier verloren.
Euch wurde ein Kindlein geboren!

Die Weihnachtsgans

Da gibt's doch tatsächlich Leute, die essen Heiligabend weder Karpfen, noch Puter noch Weihnachtsgans. Die sitzen einfach bei Würstchen und Kartoffelsalat und behaupten, sie feiern Heiligabend. Solche Leute können dann natürlich auch überhaupt nicht mitreden über Karpfen blau, wie er eigentlich zu sein hat, oder eben über das besonders wichtige Thema: Zubereitung der Weihnachtsgans.

Bei den Marquardts zum Beispiel spielte sich schon seit Jahren an jedem Heiligabend das Weihnachtsgans-Zubereitungsdrama ab. Das allerdings hat im vorigen Jahr eine ganz besonders originelle Wendung genommen.

Großmutter Marquardt war seit zwanzig Jahren unumstritten die große Weihnachtsgans-Zubereiterin. Eine Weihnachtsgans richtig auszunehmen, zu füllen und zu braten – das kann ja heute keiner mehr. Jedenfalls ist sie selbst davon überzeugt. Und darin wurde sie immer von allen bestärkt.

Großmutter Marquardt kam an jedem Heiligabend schon früh am Nachmittag bei den Marquardts an. Sie betrat die Küche mit der gewichtigen Miene eines unentbehrlichen Experten. So herablassend mit diesem kompetenten Ausdruck im Gesicht benahm sich sonst immer nur der Heizungsfachmann: Ja, wenn ich nicht wäre, was wollten Sie dann wohl machen? Dann packte sie ihre Tasche mit einigen geheimnisvollen Instrumenten und Zutaten aus, legte die Schürze an und das Handtuch unter die Gans: Ich mache mich jetzt ans Werk. Und so wiederholte sich Jahr für Jahr eine Veranstaltung, wie sie bei sogenannten »Kartoffelsalat-mit-Würstchen-Familien« überhaupt nicht passieren kann. Unglücklicherweise ergaben sich nämlich im Laufe der verantwortungsvollen Zubereitungstätigkeit der Weihnachtsgans-Expertin jedes Jahr immer wieder dieselben Differenzen.

Und zwar zwischen ihr und Regina, ihrer Tochter. Die übrige Familie bekam davon allerdings kaum etwas mit. Alles spielte sich ja nur in der Küche ab. Es dauerte nämlich meistens nur ein paar Minuten, bis die resolute alte Dame anfing, am Zustand der Küche ihrer Tochter herumzunörgeln. Oder auch deren Bevorratung zu kritisieren: »Das soll eine Geflügelschere sein? Ihr habt doch Geld genug, warum kaufst du kein anständiges Werkzeug?«

Oder: »Was ist denn das für Majoran-Gewürz? Das ist ja schon völlig abgeduftet. Hast du kein neues gekauft?«

Und: »Hast du den Ofen vorgeheizt? Denkst du eigentlich überhaupt nicht mehr mit?«

Und ganz besonders beliebt: »Zu meiner Zeit haben wir aber bedeutend sorgfältiger gearbeitet!«

Regina war das Gemecker gewohnt. Seit Jahren nahm sie sich vor: Ich hör gar nicht hin. Aber es war nicht aufzuhalten. Ein paar Minuten schaffte sie es, ihre Wut in sich hineinzufressen. Aber dann: »Gleich bringe ich sie um«, flüsterte sie vor sich hin. »Ich bring sie um, aber das darf ich nicht. Sie ist meine Mutter. **Tochter tötet Mutter Heiligabend mit der Geflügelschere!** Nein, ich darf sie nicht umbringen. Schon gar nicht am Heiligen Abend.«

Dann gab Regina sich einen Ruck: »Mutter, das ist

meine Küche, das ist mein Geschirr! Wenn es dir nicht gefällt, dann lass es doch!«

Also das typische Mutter-Tochter-Zerwürfnis – wie wöchentlich bei Dipl. Psychologe Oderwald im *Grünen Blatt* nachzulesen.

Großmutter Marquardt war tief getroffen.

Immerhin, sie war ja der festen Überzeugung, das Kind (damit meinte sie ihre Tochter) würde die Gans doch unmöglich allein fertig zubereiten können. Das Kind wusste doch überhaupt nicht, wie man sie begießt usw. Also sagte sie mit der typischen gekränkten Heiligabend-Stimme in eisigem Tonfall: »Dann mach sie doch alleine fertig! Wenn du meinst, dass du das kannst« Und glaubte dann jedes Mal, ihren Ohren nicht trauen zu dürfen, wenn Regina – mit inbrünstiger Wut im Bauch – antwortete: »Ja, Mutter, das mach ich auch. Du solltest dich sowieso lieber ausruhen. Setz dich doch ein bisschen zu den Kindern und spiel mit ihnen.«

Oma rauschte beleidigt ab aus der Küche.

Und Mutter Regina bereitete einigermaßen lustlos, aber ratzfatz die Gans zu. Auf die einfache Hausfrauenart. Mit Oregano statt Majoran. Sie hatte ja eigentlich gar keine Ahnung davon.

Aber dann am Abend, wenn die Gans auf den Tisch kam, waren alle wieder begeistert. Und weil sie von dem Streit in der Küche nichts mitbekommen hatten, hieß es natürlich wieder: »Oma, das hast du ja wieder großartig gemacht. So kannst eben nur du eine Gans zubereiten!«

Ich weiß: Kartoffelsalat-und-Würstchen-Familien können sich in solche Dramen nicht richtig hineindenken. Und dabei kommt jetzt noch der zweite Akt: Seit einem Jahr macht nämlich Manfred, Reginas Ehemann, den Haushalt. Manfred ist arbeitslos. Das Geld verdient Regina zur Zeit am PC in der Spedition. Also sind die Rollen vertauscht: Manfred holt ein, Manfred macht die Betten, Manfred kocht das Essen.

Und Manfred hat Gefallen am Kochen gefunden. Jede Kochsendung im Fernsehen zeichnet er auf und kocht die Rezepte nach. Zweimal hat er schon eine Ente zubereitet. Und im Volkshochschul-Kochkurs hat er im November bereits zusammen mit anderen Männern eine Gans gebraten.

Manfred hat es noch nie ausgesprochen – aber inzwischen ist er der Überzeugung: Kochen ist in Wirklichkeit Männersache. Witzigmann, Paul Bocuse – die allerbesten Köche der Welt – sind Männer.

Nun ahnen Sie vielleicht schon, was am vergangenen Heiligabend auf Oma Marquardt zukam. Die Küche war besser bevorratet als je. Eine gute Geflügelschere war selbstverständlich inzwischen angeschafft.

Dafür aber stand nun Manfred neben Großmutter Marquardt in der Küche, sah ihr zu – und zwar mit wachsender Unruhe.

»Was willst du denn hier?«, fragte die alte Dame pikiert. »Was stehst du hier herum und guckst mir auf die Finger?«

»Versteh mich nicht falsch, Oma. Aber ich hätte die Gans mit Thymian gewürzt. Und vor allem: Man füllt so eine Gans nicht mehr mit Äpfeln und Rosinen. Ich habe extra Kastanien gekauft.«

»Willst du mir erzählen, mit welcher Füllung man eine Gans zubereitet?«

»Natürlich nicht, Oma. Das kannst ja nur du. Aber ich hab mich ein bisschen informiert. Man muss nämlich den Rücken leicht mit einer Rasierklinge einschneiden. Dann wird die Kruste besser. Das hast du noch nie gemacht.«

»Ach nee. War meine Kruste etwa nicht gut genug?«

»Durch die Einschnitte quillt das Fett heraus und so begießt sich die Gans von selbst.«

»Was du nicht sagst. Von selbst begießen. Du hast doch keine Ahnung! Von selbst begießen!«

»Und du musst das Schmalz nicht nur für die Sauce verwenden wie bisher, Oma. Sondern auch für den Rotkohl. »

Oma Marquardt war fassungslos: »Du als Mann willst mir erzählen, wie man eine Gans zubereitet? Das ist doch lächerlich.«

»Und was ich dir noch sagen wollte, Oma«, Manfred machte unbeirrt weiter: »Man reicht zur Gans frische Cranberrys, mit etwas Zucker, Wasser und Zitrone gekocht. Und zwar Cranberrys aus Lakeville-Middleboro in den USA!«

Die alte Dame stand da und rang nach Luft. »Was erlaubst du dir? Du Klugschwätzer! Aber bitte: Wenn du alles besser weißt: Dann mach es doch gefälligst selbst! Aus USA! Aus USA!«

Oma rauschte beleidigt und zutiefst getroffen aus der Küche. Aber fest davon überzeugt, dass Manfred sie in seiner Not zurückholen würde. Aber der hatte jetzt auch eine Wut im Bauch. Hab ich das nötig, mich von diesem Drachen anfauchen zu lassen? Er lief aus dem Haus und dreimal um den Häuserblock. Und fluchte dabei lauthals.

In der Zwischenzeit aber blieb Regina nichts anderes übrig, als mal wieder wie in all den Jahren zuvor ohne Fachkenntnisse und ohne Volkshochschulvorbildung die Gans fertig zu machen. Mit Oregano statt Majoran. Mit Äpfeln und Zwiebeln gefüllt und gerösteten Weißbrotwürfeln. Sie begoss sie auch wieder allein.

Und als die Gans auf dem Tisch stand, sagte Manfred kein Wort, aber die Kinder waren wieder voll des Lobes: »Also wirklich, Oma, die hast du ja wieder wunderbar zubereitet. Das kannst eben nur du!«

Regina hatte die Plackerei und den Frust. Und Oma hatte wie immer den Ruhm.

Aber wie gesagt: Von solchen dramatischen Konflikten können sich diese primitiven Kartoffelsalat-und-Würstchen-Typen überhaupt keine Vorstellung machen!

Das gegenseitige Versprechen

»Na, das war eine Bescherung!«, erzählt Verena morgens am ersten Weihnachtstag ihrer Freundin Vanessa. »Philipp und ich hatten uns doch ganz fest versprochen: Wir machen uns gegenseitig kein Geschenk diesmal. Einmal muss es doch möglich sein, dass die Vernunft siegt. Dieser ganze Weihnachtsrummel ist doch in Wirklichkeit nur eine einzige Abzocke. Jedes Mal sind wir drauf reingefallen. Jedes Mal haben wir uns verausgabt. Philipp arbeitet doch schwer genug.

Vorige Weihnachten schenkt er mir eine wunderschöne Bernsteinkette. Kostet ein Vermögen so was. Und ich schenk ihm zwei Armani-Oberhemden und den kompletten McCartney auf CD. Und hinterher hat man ein schlechtes Gewissen. Ich brauch doch keine Bernsteinkette, ich habe genug Schmuck. Und Philipp braucht nun wirklich keine Armani-Hemden – und wenn schon, dann nicht gleich zwei. ›Liebling‹, hat er gesagt, ›das tut mir richtig etwas weh: Kein Mensch sieht den Unterschied zwischen Armani und H&M – aber du sparst wochenlang dafür.‹ Also haben wir uns gesagt, diesmal sind wir vernünftig: ›Bitte, versprich mir, dass wir uns nichts schenken.‹ – ›Ja, ich verspreche es dir.‹ – ›Und ich schenke dir auch nichts.‹«

»Ich ahne schon etwas«, sagt Vanessa.

»Nein, nein, wieso denn? Warte doch erst mal. Das war ein tolles Gefühl. Ich war wie befreit. Ich musste mir nicht mehr bis Weihnachten das Hirn verrenken, was ich Philipp bloß diesmal schenke. Vor zwei Jahren war ich doch tatsächlich auf die absurde Idee gekommen, zu Weihnachten den gesamten neuen Brockhaus für Philipp zu bestellen. Zwei Zentner Bücher für 250 Euro. ›Ach, wie schön, davon hab ich immer schon geträumt‹, hat er gesagt – und nicht ein einziges Mal reingesehen. Wozu denn auch? Dafür gibt's das Internet und Google. Kein Mensch braucht mehr ein Lexikon. Also, ich habe aufgeatmet. Diesmal keine Geschenke!

Aber dann vor drei Wochen sehe ich vom Fenster aus: Philipp trägt irgendetwas unterm Arm und eilt damit ins Haus. Er ruft nicht nach mir – wie sonst immer –, verschwindet in seinem Arbeitszimmer und kommt dann erst und ruft: ›Hallo, Schatz, wo bist du? Ich bin zurück!‹

Und ich auf ihn los: ›Philipp, wir haben uns gegenseitig versprochen, uns nichts zu schenken!‹ – ›Ja, sicher, mein Liebling‹, sagt er, ›weiß ich doch!‹ – ›Und was hast du da eben in dein Zimmer geschleppt?‹ – ›Ich? Nichts. Was denkst du von mir. Ich hab nichts in mein Zimmer geschleppt.‹ Also hatte er das Versprechen gebrochen.«

»Na, das war doch klar. Das ist doch typisch«, sagt Vanessa.

»Gar nichts war klar. Ich weiß natürlich auch: Männern kann man sowieso nichts glauben. Die versprechen dir doch alles Mögliche: dass sie sich scheiden lassen, dass sie rechtzeitig nach Hause kommen, dass sie sich nicht besaufen auf der Party – und kein einziges Versprechen halten sie.«

»Wem sagst du das«, sagt Vanessa.

»Ja, und wieso habe ich ihm dann geglaubt, dass er das Nichts-Schenken-Versprechen hält? Und nun stand ich natürlich da. Was mach ich? Ich habe einen starken Charakter. Wie jede Frau. Ich falle nicht um. Ein einmal gegebenes Versprechen muss man auch halten. Sonst braucht man es doch gar nicht erst zu geben.«

»Ja, so bist du. Das kann ich bestätigen.«

»Das Dumme war nur: ich kam mir plötzlich so herzlos vor. Ich liebe meinen Mann – ich möchte ihm doch auch so gern etwas Gutes tun. Er braucht doch auch unbedingt eine neue Lederjacke. Ihm selbst fällt ja gar nicht auf, in was für schäbigen Klamotten er herumläuft. Das ist ja das Liebenswerte an ihm. Und wenn ich nicht wäre, hätte ihn sein Chef vielleicht schon rausgeschmissen.

Aber nein: ich muss konsequent bleiben. Was denkt er von mir, wenn ich ihm trotz des Versprechens Heiligabend so eine teure Lederjacke auf den Tisch lege. Nein, nein, nein!

Aber dann – eine Woche her – höre ich ihn plötzlich singen in seinem Arbeitszimmer. Und er raschelt mit Papier. Ich guck doch nicht durchs Schlüsselloch. Ich tu so etwas nie. Aber diesmal habe ich es doch getan. Hab mich vor der Tür des Arbeitszimmers hingekniet und durchs Schlüsselloch geguckt. Leider war nichts zu erkennen. Dann hab ich laut gehustet und gerufen: ›Philipp, ich komm jetzt rein zu dir!‹ Und er – ganz unschuldig, als wenn überhaupt nichts wäre – ›Ja, komm nur. Ich arbeite grade nicht!‹

Er hatte natürlich längst gespürt, dass ich vor der Tür kniete und hat die Indizien sofort wieder versteckt.

›Du hast ein Geschenk gekauft!‹ sage ich ihm auf den Kopf zu. ›Aber nein, Liebste, wir haben uns doch ein Versprechen gegeben!‹ Und dabei grinst er so unverschämt. Ich sage: ›Das finde ich gemein von dir! Das darfst du nicht. Versprechen muss man auch halten.‹ – ›Aber natürlich‹, sagt er. ›Sogar zu Weihnachten.‹

Ich bin raus und hab die Tür zugeschlagen.

Na ja, und da saß ich nun. Ich meine, ich kann wirklich konsequent sein. Und glaub mir bitte, Vanessa, ich hätte es auch durchgehalten. Aber dann habe ich mir einfach vorgestellt: Ich steh da unterm Tannenbaum mit einer Gucci-Tasche in der Hand, die er mir geschenkt hat, und er sieht mich an und ich lese in seinem Blick: Was kriege ich denn nun? Und ich habe überhaupt nichts für ihn!«

»Naja,« sagt Vanessa, »du kannst eben konsequent sein.«

»Ja, wunderbar. Aber wer leidet dann darunter? Ich! Für Männer ist das sowieso keine Frage. Die schlagen sich gar nicht erst mit solchen Problemen herum. Das wirst du mir doch wohl auch bestätigen, dass Männer jedes Versprechen brechen.«

»Ach, Männer!«, sagt Vanessa.

»Und erst recht zu Weihnachten«, sagt Verena.

»Ich also zu Anscns. Ja, sie hatten die Jacke noch. Und das ist wirklich ein wunderbares Stück. So ein leichtes Leder, weißt du. Und das Boss-Design. Ich konnte Heiligabend schon gar nicht mehr abwarten.

Und dann ist Bescherung: Philipp sieht mich an. Wieder mit seinem schelmischen Lächeln. ›Fröhliche Weihnachten, mein Geliebter‹, sage ich. Und hole hinterm Rücken die große Tasche mit der Jacke hervor. ›Hier – nur eine Kleinigkeit für dich! Du weißt, du wunderbarer Mann, für dich breche ich jedes Versprechen.‹ Und er? Packt die Lederjacke aus. Stößt einen Freudenschrei aus. Umarmt mich.

»Verena! Ich liebe dich!«

»Und dann?«, fragt Vanessa. »Was hast du bekommen? Was hatte er in seinem Zimmer?«

»Nichts. Er sieht mich doch tatsächlich ganz cool an: ›Ich habe nichts für dich‹, sagt er. ›Wir haben versprochen, uns nichts zu schenken. An Versprechen muss man sich halten.‹«

»Typisch, typisch!«, ruft Vanessa. »Aber was hatte er in seinem Zimmer?«

»Weiß ich nicht. Das bilde ich mir ein«, hat er gesagt.

»Ja, ja, das kenne ich«, sagt Vanessa. »Die Kerle brechen eiskalt jedes Versprechen. Nur, wenn man damit rechnet, dann halten sie sich dran.«

»Genauso ist es. Sagt einfach: Er hat nichts für mich. Wir haben uns das doch versprochen. Ich fasse es immer noch nicht.«

»Ist auch nicht zu fassen«, sagt Vanessa. »Aber typisch. Einfach mal wieder typisch.«

Einen Hund als Geschenk

Hermann und Hermine saßen zusammen auf dem Sofa. Hermann und Hermine, das Rentner-Ehepaar. Ich höre ihnen so gern zu, weil ich bei ihnen immer irgendwie etwas fürs Leben lerne. Etwas, was ich mir merken muss.

»Wir sollten uns zu Weihnachten gegenseitig einen Hund schenken!«, sagte Hermann zu Hermine. »Also jeder einen halben.« Dabei stopfte er sich seine Pfeife.

»Nein«, sagte Hermine ganz entschieden, »lieber nicht.«

»Doch, das sollten wir. Wenn einer von uns beiden stirbt, dann bist du allein und dann brauchst du einen Hund.«

»Ich will aber keinen Hund.«

»Du brauchst aber einen Hund. Wenn ich tot bin, dann kommt doch kaum noch jemand zu Besuch und du bist allein. Wenn du dann einen Hund hast, kannst du wenigstens mit dem über alles reden.«

»Nein, ich will keinen Hund.«

»Wieso denn nicht? Alle alten Menschen reden mit ihren Hunden. Über Krankheiten reden sie mit ihrem Hund oder wenn sie sich über die Nachbarn geärgert haben.«

Hermine seufzte: »Nein, ich will keinen Hund!«

»Ja, verdammt noch mal«, Hermann wurde ärgerlich, »warum willst du denn keinen Hund haben?«

Hermine sah ihren Mann merkwürdig an. »Ich hätte Angst, Hermann. Wenn man fünfzig Jahre mit einem ewigen Meckerpott, Besserwisser und Nörgler wie dir gelebt hat und kriegt dann so einen lieben Hund – da ärgert man sich doch nur, dass man sich nicht von Anfang an einen Hund genommen hat und keinen Mann!«

Die Selbstmörderin

Am ersten Weihnachtstag hatte ich ein interessantes Gespräch mit meinem Taxifahrer, einem echten Hamburger.

»Heiligabend«, sagte er, »ist es immer richtig schlimm. Da wollen sich besonders viele umbringen. Also mehr als sonst, mein ich. Das hab ich ja öfter, dass 'ne Frau in mein Taxi einsteigt oder ein Mann – und ich frage: ›Wohin soll's denn gehen?‹ Und sie sagt: ›Ist mir ganz egal, fahren Sie einfach so rum.‹

Oha – dann weiß ich schon: Werner, da braucht wieder jemand ne Seelenmassage. Die wird dir gleich ihr Herz ausschütten. Wahrscheinlich ist ihr der Mann weggelaufen am Heiligen Abend. Oder er hat das große Heimweh gekriegt, stand Heiligabend vor der Tür mit ner Avus-Autobahn für den Jungen. Und dann macht ein anderer Kerl die Tür auf.

Also die normalen Fälle, sag ich mal. Weil die Fahrgäste ja meistens hinten sitzen, und ich dreh ihnen den Rücken zu. Dann geht das wahrscheinlich leichter als beim Psychiater auf der Couch.

Also jedenfalls: Draußen überall die Weihnachtsilluminationen – Sterne und beleuchtete Engel und Lichterketten usw. Gestern steigt eine junge Frau hinten ein, höchstens zweiundzwanzig so. Setzt sich schräg hinter mich. Holt ihr Taschentuch und trocknet sich die Tränen ab. Ich frage: ›Wohin darf ich Sie bringen, junge Dame?‹ ›Zur Köhlbrandbrücke!‹

Ich fahr also los. Die Köhlbrandbrücke, das ist, falls

Sie als Nichthamburger das nicht wissen sollten, die Golden Gate Bridge von Hamburg. Spannt sich in einem kühnen Bogen über den Freihafen. Wir kommen also näher, und ich sage: ›Die Köhlbrandbrücke kommt da schon. Wie soll's denn nun weitergehen?‹

›Nein, nicht weiter. Fahren Sie auf die Brücke, ich steige da aus.‹

›Entschuldigung, junge Frau. Das geht nicht. Das darf ich nicht. Auf der Brücke darf ich nicht halten.‹

›Nur ganz kurz, bitte. Ich zahle vorher und springe dann raus.‹

›Aha, ja, ja‹, sage ich. Ich fahre langsam weiter und frage sie dann: ›Warum wollen Sie denn da runterspringen? Das wollen Sie doch. Sie wollen doch von der Brücke in die Elbe springen? Oder?‹

›Ja, das will ich. Weil ich nicht mehr leben will, wenn Sie es genau wissen wollen.‹

›Ja, ja. Mich geht das ja nichts an. Weihnachten ist ja auch eine besonders schwierige Zeit – für die Gefühle, meine ich. Für die Liebe und so. Das versteh ich.‹

›Gar nichts verstehen Sie. Ausgerechnet Heiligabend muss ich ihn erwischen mit dieser Schlampe. Wir wollten uns verloben – unterm Weihnachtsbaum. Und ich habe ihn so geliebt.‹

Die Brücke kommt immer näher. Und ich sage: ›Aber, schönes Mädchen. Muss das denn ausgerechnet heute sein? Denken Sie doch auch mal an die Kollegen von der Polizei und von der Feuerwehr. Sie können sich doch auch noch morgen umbringen. Bei einem andern Kollegen.‹

Das irritiert sie schon ein bisschen. ›Mischen Sie sich doch nicht ein. Sie haben ja keine Ahnung. Das geht Sie überhaupt nichts an!‹

Ich bin schon am Anfang der Brücke und denk bei mir: ›Wenn ich jetzt tatsächlich da oben anhalte, springt die wirklich hier in die Elbe. Ich guck noch mal in den Rückspiegel: So ein schönes Menschenkind darf doch noch nicht sterben. Was muss das für ein Idiot sein, der so ein Mädchen betrügt. Männer sind alles Esel! Aber was kann ich machen. Schon 18 Euro an der Uhr. Da denke ich kurz mal an meine Frau und habe einen Einfall: ›Ja, also, Fräulein‹, sage ich, ›Wenn es denn unbedingt sein muss, dass Sie sich umbringen, wir haben jetzt 18 Euro an der Uhr … aber, ich meine: dann könnten Sie mir doch auch bitte schön noch die Rückfahrt bezahlen. Würden Sie das machen?‹

›Wie bitte? Was soll ich? Die Rückfahrt bezahlen? Ich fahr doch nicht zurück!‹

›Na ja‹, sag ich, ›Ich meine: Ihnen kann das doch nichts mehr ausmachen. Wenn Sie tot sind, brauchen Sie das Geld doch nicht mehr.‹

›Also das … das ist ja … das ist ja eine Unverschämtheit. Ich bin zutiefst verletzt und will nicht mehr leben – und Sie, Sie nutzen meine Verzweiflung aus. Was sind Sie für ein Mensch!‹

›Ja, ja – Verzweiflung‹, sag ich. ›Für Ihre Verzweiflung interessiert sich doch schon morgen keine Sau mehr. Und der Dussel, der Sie verlassen hat, der freut sich vielleicht sogar. Ich finde, Sie könnten mir überhaupt Ihr ganzes Bargeld geben und falls Sie eine Kreditkarte haben, nennen Sie mir noch Ihre Geheimzahl, damit ich was abheben kann. Wenn Sie erst mal ertrunken sind, brauchen Sie doch kein Geld mehr!‹

›Kehren Sie um! Kehren Sie sofort um. Das ist ja Raub! Das ist ja ein Raubüberfall! Es ist Weihnachten und ich bin verzweifelt und Sie rauben mich aus!‹

Na ja, da ich bin umgekehrt. Sie ist wütend ausgestiegen. Und hat geschimpft: ›Also so was, also so was! Will noch an meinem Tod verdienen! So ein Schuft! Alle Männer sind Schweine!‹

Aber die hat sich an dem Abend ganz bestimmt nicht mehr umgebracht.«

Der Lottogewinn

Vier Wochen vor Weihnachten hatte die 78-jährige Hertha Wiedemann abends vorm Fernseher gejubelt. »Hurra, ich habe im Lotto gewonnen!«

Drei Tage später konnte sie sich ihren Gewinn abholen. Im Kiosk bei Manni Lühmann, den sie alle Käptn Lühmann nannten. Er war angeblich mal zur See gefahren. Aber jetzt freute sich Herr Lühmann für seine Kundin: »Na, das wird doch wohl gebührend gefeiert«, sagte er und blätterte Piano-Hertha, wie er sie immer nannte, die Euro-Scheine nur so auf den Zahlteller seiner Tonbank: erst einen 100-Euro-Schein und dann noch einen und dann noch einen halben.

Hertha strahlte nur so. »Na klar, Herr Lühmann«, sagte sie, »dann kommen Sie heute Nachmittag zu mir. Da machen wir einen drauf.«

Nachmittags um vier läutete es tatsächlich bei ihr an der Wohnungstür. Manni Lühmann wohnte nämlich im Erdgeschoss des vierstöckigen Hauses in der Stellinger Straße – Hertha Wiedemann wohnte im dritten Stock. Sie hatte auf die Schnelle Plunder gekauft, den Kirschlikör aus dem Schrank geholt und natürlich Kaffee gekocht.

Und so saßen sie zusammen und machten – wie es auf Neudeutsch so schön heißt – Small-Talk. Natürlich ging es auch um das Thema Weihnachten.

»Sie sind ja bestimmt wieder auf Mallorca wie jedes Jahr«, sagte Herr Lühmann.

»Ich war in meinem ganzen Leben noch nicht auf Mallorca«, sagte Hertha.

»Aber das haben Sie mir doch selber immer gesagt.«

»Ja, gesagt«, sagte Hertha. »Sagen kann man ja viel. Kann ich mir doch gar nicht leisten.«

»Und was haben Sie dann immer gemacht Heiligabend in den letzten drei Jahren?«

»Was soll ich schon gemacht haben. Ferngesehen.«

»Entschuldigung, geht mich ja alles nichts an, aber dann hätten Sie doch bei Ihrer Tochter und den Kindern feiern können. Oder wie?«

»Nee, danke schön«, sagte Hertha Wiedemann. »Die haben mich schon drei Jahre nicht mehr zu Heiligabend eingeladen. Da bin ich ja nicht gern gesehen. Mit mir ist es einfach nicht auszuhalten, müssen Sie wissen. Ich bin eine tüdelige alte Nervensäge, die der Familie den ganzen Heiligabend versaut!«

»Halt, aufhören«, rief Herr Lühmann. »Wer sagt das?«

»Mein Schwiegersohn. Ich hab alles durch die Tür gehört. Sie dachten, ich bin in der Küche, aber ich war aufm Flur.«

»Und Ihre Tochter denkt auch so?«

Hertha holte tief Luft: »Ach nun, reg dich man nicht so auf, Thomas. Einmal im Jahr wirst du die Alte wohl aushalten können. Sie geht ja bald wieder.« Hertha schnäuzte sich kurz in ihr besticktes Taschentuch.

»Wow«, sagte Herr Lühmann, »das ist ja ein Hammer.«

»Ach, lassen wir das Thema lieber.« Dann wischte sie sich eine Träne ab.

»Die sollten sich was schämen«, sagte Herr Lühmann. Aber beim Rausgehen sagte er: »Ich stell mir bloß vor, wenn Sie nun eine Million gewonnen hätten im Lotto, ob die dann immer noch so ekelhaft zu Ihnen wären.«

Ob der Kauz Käptn Lühmann nun ganz genau wusste, was er tat, als drei Wochen vor Heiligabend Herr Thomas Engelhardt wieder seinen *Focus* bei ihm holte, weiß niemand zu sagen.

»Na, Sie Schwiegersohn einer Lottomillionärin«, sagte Herr Lühmann zu Herrn Engelhardt.

»Haha«, machte der nur. Und das war schon viel. Denn er hatte nie viel Lust, mit dem Kioskmann zu reden. Der war ja schließlich auch nicht der standesgemäße Umgang für einen Herstellungsleiter im Fachverlag. Er packte das *Focus*-Magazin in seinen Aktenkoffer. Aber dann wurde er doch stutzig.

»Ach, meine Schwiegermutter hat im Lotto gewonnen? Sie machen Späße?«

»Wieso denn Späße. Sie hat den Schein ja bei mir abgegeben. Jahrzehnte hat sie davon geträumt, im Lotto zu gewinnen. Nun ist es endlich mal wahr geworden.«

»Und wie viel?«

»Hm. Naja. Hübsches Sümmchen«, sagte Herr Lühmann bedeutungsvoll.

»Lottomillionärin? Davon wissen wir ja gar nichts. Meiner Frau hat sie auch nichts davon gesagt.«

»Kann ich mir denken«, sagte Herr Lühmann. »Sie will doch, dass es niemand erfährt. Wegen dem ganzen Rummel und so.«

Der hat jetzt was nachzudenken, dachte Herr Lühmann, als Thomas Engelhardt schnell den Laden verließ.

Zwei Tage später läutete es abends gegen 18 Uhr an der Haustür von Hertha Wiedemann.

»Wird wohl ein Zeuge Jehovas sein oder so was«, dachte sie.

»Ja, bitte?«, fragte Hertha durch die Sprechanlage.

»Ich bin's, Hertha, Thomas, dein Schwiegersohn.«

»O Gott«, dachte sie. »Was hab ich denn nun wieder falsch gemacht?«

»O, wie schön«, sagte sie, »dann komm man rauf.«

»Mach dir doch keine Umstände«, sagte Thomas und wickelte einen Strauß gelbe Rosen aus.

Hertha kochte natürlich sofort einen Kaffee und brachte ein paar Spekulatius auf den Tisch.

»Ist irgendwas mit Katrin?«, fragte sie.

»Nein, nein, wie kommst du darauf?«

»Naja, ich meine nur. So überraschenden Besuch hab ich ja noch nie von dir bekommen. Da macht man sich so seine Gedanken.«

»Das ist es ja gerade«, sagte Thomas. »Ich will nicht lange drum rumreden. Mir ist irgendwie klar geworden, dass ich wohl etwas gutzumachen habe dir gegenüber.«

»Aber wieso denn, Thomas? Was denn?«

»Na ja, ich war wohl manchmal etwas schroff zu dir, das ist mir schon klar. Das hängt damit zusammen, dass ich immer irgendwie im Stress bin, weißt du. Als leitender Angestellter lebt man ja heutzutage dauernd in Angst. Das Haus kann ich ja nur halten, wenn ich meine Stellung nicht verliere. Und so was wissen die Arbeitgeber heutzutage – je mehr Schulden man hat, desto unangenehmer können sie werden.«

»O ja«, sagte Hertha, »an so was denkt man ja als Rentner gar nicht mehr. Was du so auszuhalten hast, davon mach ich mir ja gar keinen Begriff.«

»Na ja, Hertha, ich bin aber nicht hergekommen, um dir was vorzujammern. Ich soll dich ganz herzlich von Katrin grüßen und ganz besonders von den Kindern. Wir alle bitten dich, dass du dieses Jahr mal wieder Heiligabend bei uns verbringst. Die Kinder wollen Heiligabend einfach ihre Oma bei sich haben. Und Katrin und mir geht es auch so. Wir machen es dir auch ganz gemütlich. Und ich hol dich selbstverständlich mit dem Wagen ab.«

Hertha Wiedemann wurde ganz schwindlig. Das Erste, was sie dachte, war: Was bin ich bloß für ein hartherziger, böser Mensch. Drei Jahre maule ich herum wegen irgendwas, was ich durch die Tür gehört zu haben glaube. Und dabei machen sie sich Sorgen um mich. »Ach, ist das lieb von euch«, sagte sie. »Ich weiß gar nicht, was ich sagen soll. Natürlich komme ich gern, ich freue mich auf die Kinder und auf euch.«

»Und deine Mallorca-Reise kannst du denn noch canceln?«

»Ob ich was? Ach so, meine Mallorca ... ja, stornieren meinst du. Ja, das kostet natürlich ein bisschen was. Aber da lach ich doch drüber. Wenn ich dafür mit euch feiern kann.«

»Klar, wenn man's hat«, sagte Thomas und lächelte wissend. Als er gegangen war – er hatte ihr zum ersten Mal einen Abschiedskuss auf die Wange gedrückt – benahm Hertha Wiedemann sich hochgradig albern. Sie rief Juhuuuu, holte den Kirschlikör aus dem Schrank und tüdelte sich einen an. Dann schlief sie ein – glücklich wie lange nicht.

Am anderen Morgen, es war Wochenende, die Kinder saßen mit am Frühstückstisch, Katrin hatte die erste Kerze am Adventskranz angezündet, gab Thomas seine Neuigkeit bekannt: »Wisst ihr eigentlich schon, dass Oma Heiligabend bei uns sein wird?«

Katrin sah ihren Mann total überrascht an. Die beiden Kinder freuten sich.

»Oma kommt«, sagte die kleine Maja.

»Ja, aber erst Heiligabend«, sagte Holger. »Find ich stark!«

»Wieso denn? Davon weiß ich ja gar nichts«, sagte Katrin.

»Tja«, grinste Thomas. »Ich habe sie besucht. Ich habe sie persönlich gebeten, Heiligabend wieder zu uns zu kommen.«

»Augenblick mal: Du warst bei meiner Mutter? Ich fasse es nicht. Und wieso? Wie kommst du plötzlich darauf? Die fliegt doch wieder nach Mallorca. Wie jedes Jahr. Ich versteh zwar nicht, woher sie das Geld hat, aber sie hat es mir gesagt.«

»Tut sie nicht. Sie storniert die Reise und kommt Heiligabend zu uns.«

»Hör mal, Thomas. Was ist denn in dich gefahren? Du kannst doch meine Mutter nicht ertragen. Nur deinetwegen hab ich mich doch seit Jahren damit abgefunden, dass wir allein sind. Und jetzt mit einem Mal …?«

»Ach was, ich habe einfach nur gedacht: Heiligabend gehört unsere Familie zusammen. Solange wir eine Großmutter haben, gehört sie zu uns. Und wenn sie manchmal noch so nervt. Das muss man dann eben mal ertragen.«

Katrin saß eine ganze Weile still vor ihrem Marmeladenbrötchen. Dann stand sie auf, sagte kein Wort, beugte sich zu Thomas hinab und gab ihm einen Kuss.

»Danke«, sagte sie dann. »Ich glaube, ich kenn dich immer noch nicht. Das finde ich ganz groß von dir. Du gehst ganz allein zu meiner Mutter und … Thomas, ich liebe dich.«

So wurde es denn ein Heiligabend, wie man ihn sich harmonischer kaum noch vorstellen kann – das heißt: nun ja, bis auf eine kleine Entgleisung, möchte ich mal sagen.

Die Kinder waren natürlich begeistert, dass sie nun auch wieder eine Weihnachts-Oma hatten, wie sie sich ausdrückten. Zwischen den halbstündigen Wassergüssen auf die Gans – wegen der Kruste, weiß man ja – las Oma Hertha den Kindern Hänsel und Gretel aus *Grimms Märchen* vor. Die Kinder glühten vor Begeisterung. Sie kannten das Märchen nicht. Was Hertha natürlich zu dem unvorsichtigen Ausspruch verleitete: »Das hätten euch eure Eltern aber schon längst mal vorlesen müssen.«

Thomas bekam das mit. Aber er lächelte nur und sagte: »Hast schon recht, Hertha. Irgendwie hast du ganz recht.«

Da fiel es Katrin schon schwerer, an sich zu halten, als Hertha anfing, sie zu kritisieren. »Wann hast du eigentlich zuletzt mal den Kühlschrank abgetaut? Und hast du denn noch immer kein Majoran im Haus? Kind, ich meine es doch nur gut mit dir.«

Es war genau wie früher immer. Mit einer Ausnahme: Als Katrin aus der Küche kam und händeringend jammerte: »Ich halt's nicht aus. Ich halt's bald nicht mehr aus mit Mutter«, war Thomas Antwort nicht: »Na, ich schon lange nicht. Schick sie doch nach Haus, die alte Nervensäge.« Sondern im Gegenteil: »Ich bitte dich. Sie ist deine Mutter. Und sie ist 78. Da kannst du ja wohl mal ein bisschen Geduld mit ihr haben.«

»Verzeihung«, sagte Katrin. Sie war wieder ganz gerührt, wie ihr Thomas sich verändert hatte.

»Du bist wunderbar, Thomas«, sagte sie.

Und so wurde es immer harmonischer. Bis auf die kleine Entgleisung, wie gesagt, die noch kommen sollte.

Thomas wunderte sich zwar etwas, dass die Geschenke von Oma kein bisschen teurer ausfielen als in all den Jahren zuvor: Taschentücher und Ökoseife für Katrin. Ein

Patentflaschenöffner für Thomas – und die Kinder bekamen jeder ein Würfel- und ein Kartenspiel sowie einen Wollpullover. Das war nun nicht gerade der Luxus, den man von einer Lottomillionärin erwartet.

Die Gans war vorzüglich.

»O, Hertha, so kross kriegst auch nur du sie hin!« Thomas war sich diesmal auch nicht zu schade, die Köchin ausgiebig zu loben. Dafür hätte sie ihn umarmen mögen. Das mochte sie zu gern hören. Und Thomas wusste das natürlich.

Als sie dann nach dem Essen auch noch zwei, drei Gläschen Wein getrunken hatten, war Katrin so richtig froh und glücklich. Sie hatte endlich wieder ein gutes Verhältnis zu ihrer Mutter.

»Mutter, ich muss dich wirklich mal um Verzeihung bitten, dass wir dich die letzten drei Jahre einfach so haben reisen lassen. Das war egoistisch von uns. Du bist doch bestimmt immer nach Mallorca geflogen, weil wir so unfreundlich zu dir waren – und ich besonders. Das soll nun nie mehr so sein, glaub es mir.«

»Nein, nein«, sagte Thomas, bevor Hertha etwas antworten konnte. »Das bin wohl eher ich gewesen.«

»Nein, ganz bestimmt nicht«, sagte Hertha, die sich vielleicht noch glücklicher fühlte als ihre Tochter. »Wenn hier jemand egoistisch und übelnehmerisch war, dann doch nur ich. Kann nicht mal ein bisschen Kritik vertragen. Und meine Lieben: ich habe ein ganz, ganz schlechtes Gewissen. Ich muss euch nämlich ein Geheimnis verraten.«

»Soll ich mal raten?«, fragte Thomas.

»Was ist es denn? Nun sag doch schon«, drängte Katrin.

»26, 34, 21, 4, 12 und 17«, sagte Thomas.

»Wie bitte?«

»Ich kenn die Zahlen auswendig. Ich habe sie mir angesehen.«

»Na, was denn, Mutter?«

Hertha sah die beiden halb schelmisch, halb schuldbewusst an.

»Nicht wieder böse sein. Ich habe euch nämlich angeschwindelt: Ich war gar nicht auf Mallorca.«

»Nicht auf Mallorca?«, fragte Katrin. »Aber wo warst du denn dann?«

»Ich war zu Hause. Dreimal Heiligabend war ich zu Hause. Allein. Weil ich eine dumme, dumme alte Frau bin und weil ich eingeschnappt war. Ich schäme mich dafür.«

»Ach, Mutter!«, rief Katrin. »Das ist ja schrecklich. Mutter, das tut mir so leid.« Katrin war ehrlich erschrocken. »Wenn ich mir das vorstelle: Du sitzt da ganz allein in deinem Zimmer. O Gott, nein.«

Und dann zu Thomas gewandt:

»Und wenn du nicht gewesen wärst, dann würde sie dieses Weihnachten immer noch allein zu Hause sitzen. Ein Glück, Thomas, dass du Mutter eingeladen hast.«

»Ja, ja, aber da gibt es ja noch ein Geheimnis«, sagte Thomas …

Er zwinkerte seiner Schwiegermutter zu: »Nicht wahr? Ich weiß Bescheid. 26, 34, 21, 4, 12, 17.«

»Ach so, ja«, lachte Hertha, »du meinst meinen riesigen Lottogewinn.«

»Im Lotto hast du gewonnen? Mutter? Ist das wahr?«

»Ja, sicher – aber das war ja schon bevor Thomas mich besucht hat. Sonst hätte ich bestimmt etwas bessere Geschenke ausgesucht.«

»Herzlichen Glückwunsch!«, rief Thomas.

»Danke, danke!«, wehrte Hertha ab. »Aber leider … Nun kann ich's ja nicht mehr zurückholen. Ich habe alles der KinderKrebshilfe überwiesen, wisst ihr, noch am selben Tag als ich es abholte.«

»Wie? Alles? Das ganze Geld?«, fragte Thomas entsetzt.

»Ach, Thomas. 250 Euro, was ist das heute schon. Ja, wenn ich eine Million gewonnen hätte, da wüsste ich schon, was ich euch dafür kaufen würde. Aber 250 Euro.«

»Du bist so ein lieber Mensch, Mutter«, sagte Katrin. »Statt einmal an dich selbst zu denken, spendest du die ganzen 250 Euro den armen Kindern!«

Thomas war ganz blass geworden.

»Was ist denn, Thomas?«

»Ich krieg keine Luft. Ich glaub, ich hab mich verschluckt.«

»Thomas! Du weinst ja, du hast ja Tränen in den Augen. Ich denke, du bist nicht sentimental.«

»Einen guten Mann hast du, Katrin«, sagte Hertha Wiedemann. »Und von nun an komm ich wieder jeden Heiligabend zu euch.«

»Wunderbar«, presste Thomas heraus.

»Nicht wahr«, sagte Katrin und schlang den Arm um ihren Mann. »Und das haben wir alles dir zu verdanken.«

Wie gesagt: es war ein wirklich schöner Heiliger Abend. Bis auf die kleine Entgleisung, dass Thomas sich im Laufe des Abends sinnlos besoff und hin und wieder vor sich hinlallte, was Katrin gar nicht verstand: »Diesen ... diesen Zeitungslottoheini, den schlag ich tot. Den bring ich um ...«

Eifersucht und frisiertes Lametta

Kornweg durch bis Altona

Es ist fast immer noch wie vor fünfzig Jahren: Wenn die Verwandten und Bekannten zum Geburtstagskaffee oder auch zum Weihnachtsfrühstück eintreffen, dreht sich das Gespräch hauptsächlich um das hochinteressante Thema »Wie bist du hergekommen?«.

Kaum ist Tante Marlies in die Tür getreten, wird sie schon von Onkel Gregor gefragt: »Na, wie bist du denn hergekommen, Marlies?«

Und Tante Marlies fängt richtig an zu schwärmen: »Das ist ja jetzt eine wunderbare Verbindung: Ich fahr mit der S1 von Wellingsbüttel bis Barmbek, da steig ich dann um in die U3.«

»Wie bitte? Über Barmbek?«, fragt Onkel Gregor, »da musst du doch bis Ohlsdorf fahren und da umsteigen in die U1. Und dann nach Kellinghusenstraße und Sternschanze.«

Aber das findet nun Tante Leni, die inzwischen eingetroffen ist und sich schon gleich selber ein Glas Wein einschenkt, überhaupt nicht richtig: »Sternschanze? Sternschanze?«, mischt sie sich ein. »Da muss Marlies dann ja Kellinghusenstraße noch mal umsteigen. Und dann noch in die S-Bahn Linie 3 oder 21 bis Eidelstedt.«

»Genau«, sagt Tante Marlies. »Es ist nämlich viel gemütlicher, Barmbek umzusteigen und dann gleich durch bis Sternschanze.«

Es klingelt. Großcousin Robert, der bei einem Heimatblatt Annoncen verkauft, kommt rein: »Entschuldigt bitte die Verspätung«, sagt er, »aber der 134er kam mal

S
H
39 Flughafen
14
Fußgänger

wieder dreizehn Minuten zu spät. Dadurch hab ich dann natürlich die U1 in Ochsenzoll nicht mehr gekriegt.« »Wieso denn Ochsenzoll?«, entrüstet sich Tante Marlies nun. »Da musst du doch nicht den Bus nehmen. Fahr doch einfach mit der S1 bis Ohlsdorf und von da mit der U1.«

»Nein, viel besser, er nimmt den Schnellbus 39 am Flughafen«, ruft Tante Leni nun wieder, »der fährt quer durch bis Eidelstedt.«

Inzwischen ist auch Onkel Hans-Martin mit seiner Frau Else gekommen. Sie schwören ja auch auf öffentliche Verkehrsmittel. »Wir setzen uns immer einfach Kornweg in die S-Bahn, und dann fahren wir durch bis Altona und nur einmal umsteigen über Diebsteich/Stellingen nach Eidelstedt.«

»Viel zu lang!«, sagt Robert. »Das sag ich auch«, sagt Tante Marlies. »Dann müsst ihr doch mit der S-Bahn die ganze große Schleife da unten über Lohmühlenstraße und Messberg fahren.«

»Falsch!«, sagt schnippisch Tante Else. »Doch nicht die S-Bahn, du meinst die U1, die den großen Bogen macht. Aber von Kornweg kommt ja die S11. So ist das nämlich, nicht wahr.«

Meine Frau bringt zwischendurch die kleinen Schnittchen, auch Kanapees genannt, es wird ordentlich zugelangt. Vor allem beim Prosecco. »Ach ja, ein Glas dürfen wir noch. Wir sind ja nicht mit dem Auto da.«

Die Ersten gucken schon auf die Uhr. Jetzt kommt auch noch Friedrich, der Nachbarssohn, der ein Auge auf unsere Jüngste geworfen hat. Onkel Gregor erklärt Tante Marlies grad noch mal, dass es auch noch 30 Cent billiger ist, mit der Buslinie bis zwei Straßen hinter Eidelstedt zu fahren.

»Du musst dir mal ’n Fahrplan kaufen. Da stehn auch die Fahrpreise alle drin.«

Da mischt sich dieser Nachbars-Friedrich ein: »Fahrplan? Das ist doch nun wirklich Schnee von gestern«, sagt er. »Ganz egal, wo man hin will, man guckt im Internet unter HVV nach, gibt Start und Ziel ein und sofort hat man die günstigste Verbindung, sogar mit Länge des Fußwegs.«

»Internet«, winkt Gregor ab, »geh mir weg mit Internet. Die haben mir schon mal geraten, von Klein-Flottbek nach Farmsen-Trabrennbahn zu fahren, dabei wollte ich nach Hagenbecks Tierpark.«

»Ich hab kein Internet. Ich will auch keins. Ich lass mir doch nicht von einem Computer vorschreiben, wie ich fahren soll«, regt Tante Marlies sich auf.

Robert vom Heimatblatt muss jetzt aber auch schon los: »War schön bei euch. Noch mal vielen Dank für die schönen Schnittchen. Aber ich muss jetzt noch nach Hasselbrook.«

»Wie fährst du denn da?«, fragt Tante Else.

»Da nehm ich ein Taxi«, sagt Robert. »Das zahlt meine Redaktion.«

»Ich würde auf jeden Fall schon Altona in die S1 umsteigen, wenn ich nach Hasselbrook wollte«, meldet sich Tante Leni. Sie hat schon eine leicht undeutliche Aussprache.

»Ja, danke«, sagt Robert, »aber ich nehm ja das Taxi.«

»Ich mein ja auch nur«, nuschelt Tante Leni, »manche würden ja den Fehler machen, in die S1 zu steigen, da muss man nämlich dann Berliner Tor noch mal wieder in die S 11 umsteigen.«

»Ja, ist nett. Aber wie gesagt, ich nehm ja das Taxi.«

»Ich weiß, ich weiß. Aber könnte ja mal sein. Dann

darfst du nicht in die falsche S-Bahn steigen. Das ist mir nämlich mal passiert, da dachte ich auch, es ist die S1 …« Dabei nimmt Leni schon wieder einen Schluck aus dem Weinglas und keiner hört ihr mehr richtig zu.

Meine Frau bringt noch Espresso und Cappuccino, es gibt auch noch für alle, die es vertragen, einen kleinen Abschiedsschluck – »Martell-Cognac, ganz was Feines«. Aber Tante Marlies geht noch lange nicht. Sie erzählt sich noch bis abends um acht mit Onkel Gregor, wie nett es früher war, als die Straßenbahn Linie 2 noch fuhr – und zwar eingleisig bis Lokstedt Betriebsbahnhof. Und Linie 15 fuhr damals noch von Dorotheenstraße aus über die Elbbrücken bis Harburg. »Aber die S-Bahn unter der Alster durch und jetzt sogar über Ohlsdorf bis Flughafen, das hätte mein Harald noch erleben müssen. Das hat er nämlich damals schon immer vorausgesagt, dass es mal so kommt.«

Für Tante Leni haben wir inzwischen auch ein Taxi gerufen. Sie würde es wahrscheinlich nicht mal mehr die Treppen zur S-Bahn Eidelstedt rauf schaffen. Tante Marlies und Onkel Gregor sind ganz schön angeschickert. Kurz nach 20 Uhr bring ich die beiden lieber nacheinander mit dem Auto nach Haus. Onkel Gregor sagt noch beim Aussteigen: »Im Internet nachgucken, wie man fahren muss, dass ist doch – hick – das ist doch richtig arm ist das. Da bleibt dir ja kein kreativer Spielraum mehr.« Dann steht er vor seiner Haustür und klingelt bei sich selber.

Unser Großvater hatte eine wunderschöne Spieluhr. In einer Holzkiste mit Intarsien lagen mehrere Walzen. Auf dem Deckel der Spieluhr war ein Engel aus Schildpatt zu sehen. Immer Weihnachten baten wir unseren Opa: Bitte, Opa, lass die Spieluhr noch einmal ihr Lied spielen. Dann erzählte er jedes Mal, dass er diese schöne Spieluhr einmal geschenkt bekommen hatte – als er noch in seinen besten Jahren war.

Die kleine Spieluhr

Die kleine Spieluhr, du schenktest sie mir.
Du sagst, es wäre ein Zauber in ihr:
Solange noch die Spieluhr spielen kann ihr Lied,
weiß jeder vom andern: Ich hab dich noch lieb.
Was immer kommt, was immer auch geschieht:
Die Spieluhr, sie spielt noch. Wir haben uns lieb.
Schnell verging die Zeit. Oft spielte sie ihr Lied.
Doch bei jedem Streit hatte ich große Angst,
dass unsrer Spieluhr was geschieht:

Bitte, bitte – wirf nicht mit der Spieluhr nach mir.
Nimm die Vase nimm den Topf,
wirf mir Goethe an den Kopf,
nimm die Lampe, nimm das Glas,
nimm das Sparschwein, irgendwas,
nimm die Schüssel mit Spinat
nimm den Fernsehapparat,

Stuhl und Sessel,
Wasserkessel,
Kleiderständer,
Wandkalender,
Bügeleisen,
alles, alles darfst du schmeißen,
nimm das Geigenfutteral,
von Karl Marx das Kapital,
was du nimmst, das ist ganz egal,
meinetwegen nimm die Flasche
und den ganzen Kasten Bier,
aber bitte, bitte wirf nicht mit der Spieluhr nach mir.

Dann kam die Sache mit Annelie.
Ich war von Sinnen, ich sah nur noch sie.
Ich wollte dir sagen: Es ist alles vorbei.
Ich wollte dich fragen: Lebewohl, gib mich frei.
Du lächeltest tapfer: Was immer geschieht:
Die Spieluhr, sie spielt ja noch immer ihr Lied.
Aber wenn du willst, dass sie nicht mehr spielt,
werf ich sie entzwei.
Ich glaub, im Leben hab ich mich noch nie so
schlecht gefühlt.

Bitte, bitte, wirf nicht mit der Spieluhr nach mir …

Du kleine Spieluhr, du kannst nichts dafür.
Doch was ist nun mit dem Zauber in dir?
Was einmal groß und schön war, kann das je zu
Ende sein?
Warum endet soviel großes Glück so hässlich und
gemein?

Ich wollte es nicht glauben, aber sie hat Ernst gemacht.
Und ich hab nur die Spieluhr noch in Sicherheit gebracht.
Nun träum ich hier allein.
Die Spieluhr spielt ihr Stück.
Solang man atmen kann,
gibt es aus jedem Weg ins Ungewisse
auch den Weg zurück.

Bitte, bitte, wirf nicht mit der Spieluhr nach mir.
Nimm die Vase, nimm den Topf,
wirf mir Goethe an den Kopf,
nimm die Lampe, nimm das Glas,
nimm das Sparschwein, irgendwas,
nimm die Schüssel mit Spinat,
nimm den Fernsehapparat,
Stuhl und Sessel,
Wasserkessel,
Kleiderständer,
Wandkalender,
Bügeleisen,
alles, alles darfst du schmeißen,
nimm das Geigenfutteral,
von Karl Marx das Kapital,
was du nimmst, das ist ganz egal,
meinetwegen nimm die Flasche
und den ganzen Kasten Bier,
aber bitte, bitte wirf nicht mit der Spieluhr nach mir.

Vergiftete Schokolade

»Was hast du mir denn da mitgebracht? Die soll ich essen? Das Haltbarkeitsdatum ist ja schon vier Wochen überschritten!«

Ich hatte es gut gemeint. Ich hatte meiner vierzehnjährigen Tochter Vera zum ersten Advent eine Tafel Schokolade mitgebracht, zartbitter. Ich wusste gar nicht, dass es für Schokolade auch ein Haltbarkeitsdatum gibt. Ich dachte immer, die bleibt unbegrenzt genießbar. Aber ich hab ja keine Ahnung.

Ich sage: »Soll ich dir mal erzählen, wie meine Eltern mir zu Weihnachten 1944 vergiftete Schokolade geschenkt haben – und die habe ich gegessen.«

»Um Gottes willen, nein«, sagt Vera, »nicht schon wieder so ne Geschichte aus dem Weltkrieg. Ich weiß: Bei euch gab's kein Haltbarkeitsdatum, ihr habt umgefallene Pferde direkt auf der Straße geschlachtet.«

»Sehr richtig«, sage ich, »das stimmt. Und vierfache Leberwurst haben wir gegessen!«

»Ja, weiß ich doch!«, sagt Vera, »Das hast du mindestens schon zehnmal erzählt. Ihr hattet Lebensmittelkarten und für eine 200-Gramm-Wurstmarke gab es bei eurem Schlachter 800 Gramm Wurst, die vierfache Menge.«

»Jawohl«, sage ich, »aber ich möchte auch lieber gar nicht wissen, was da drin war in der Wurst! Es war auch kein Etikett draußen angebracht mit Angabe der Inhaltsstoffe wie heute: Maltodextrin, 20 Gramm Quecksilber, 2 Milligramm Dinatriumguanylat und 3 Gramm Strychnin. Das war Ratten- und Mäusefleisch mit aufgeweichtem Papier und Maisbrei. Haltbarkeitsdatum!? Ich lach mich kaputt!«

»Dann guten Appetit«, sagt Vera, »dann bist du ja wahrscheinlich immun«, lässt die Schokolade liegen und geht wieder in ihr Zimmer zu ihrem Computerspiel.

Dass sie meine Geschichten aus dem Zweiten Weltkrieg nicht mehr hören mag, damit muss ich leben. Trotzdem vergesse ich das nie – das mit der vergifteten Schokolade.

1944 – der Russe kam immer näher, Hamburg lag schon in Schutt und Asche.

Mein Vater war wegen seines Magengeschwürs an die Heimatfront zurückgeschickt worden.

Ja, so ein Magengeschwür hatte etwas Gutes, das wünschte sich so mancher. Und meinem Vater war dieses Glück zuteil geworden. Wenn er sich wieder krümmte vor Magenschmerzen, sagte er mit hochrotem Kopf: »Ach, tut das schön weh. Ich bin ja so dankbar für die Schmerzen!«

1944 also, einen Tag vor Heiligabend, kam mein Vater aus der Kaserne nach Hause in unsere eiskalte Behausung in dem ehemaligen Möbellager in der Hindenburgstraße – heute Lokstedter Steindamm – und wickelte aus einem Putzlappen etwas aus.

»Hans und Christa, herkommen!«, sagte er, unsere Mutter stand auch dabei.

»Warte doch bis zur Bescherung!«, sagte sie. Mein Vater wickelte das, was er uns zeigen wollte, sofort wieder ein und sagte: »Ja, du hast recht! Es gibt doch sowieso sonst nichts zur Bescherung.«

Ich erinnere mich nicht mehr im Einzelnen an diese Bescherung. Ich weiß nur noch: Meine Schwester bekam eine Puppe, die einen ungeheuer schweren Kopf hatte.

Wie mir später erzählt wurde, hatte meine Mutter diese Puppe mit einem Porzellankopf und einem Stoffleib ziemlich zerrissen in irgendwelchen Häusertrümmern gefunden. Sie hatte den Leib wieder zusammengenäht und neu ausgestopft. Aber der Kopf hatte einen Riss und drohte in zwei Teile zu zerfallen. Da hatte mein Vater die geniale Idee, den Puppenkopf mit Gips zu füllen, den er noch in seiner Werkstatt hatte – Gips, nicht Moltofill, alle Löcher wurden noch mit Gips gefüllt. Darum war der Kopf auch so schwer.

Meine kleine Schwester freute sich aber über alle Maßen und wiegte die Puppe im Arm. Allerdings nicht lange. Plötzlich stieß sie einen Schrei aus und fing an zu weinen: Ohne besonderen Anlass war der Puppenkopf in zwei Teile zerbrochen. Das sah schrecklich aus. Meine arme Schwester weinte und war furchtbar enttäuscht. Mein Vater versuchte, die Teile irgendwie wieder zusammenzufügen – aber womit? Alleskleber und ähnliche Erzeugnisse gab es nicht. Schließlich holte meine Mutter eine meiner Unterhosen und zog das Gummiband heraus, das darin eingenäht war. Dann spannte sie das Gummiband um den Kopf der Puppe, das heißt um die beiden Kopfhälften, so dass sie notdürftig zusammenhielten. Meine Schwester nahm die Puppe liebevoll in den Arm und ging damit zu Bett.

Ich behaupte aber: die Enttäuschung meiner Schwester war noch gar nichts gegen meine Enttäuschung an diesem Heiligen Abend. Als sie nämlich im Bett war, holte mein Vater das Päckchen im Putzlappen wieder heraus. Warum er wartete, bis meine Schwester im Bett war, weiß ich heute nicht mehr. Vielleicht war sie ihm einfach noch zu klein, um eine solche Sensation bzw. Delikatesse würdigen zu können.

»So etwas hast du noch nie gesehen«, sagte mein Vater. Es lag ein rechteckiges, in Papier eingewickeltes kleines Brett vor mir. Ich wickelte es aus: lauter zusammenhängende braune quadratische Stücke.

»Das ist eine Tafel Schokolade«, sagte mein Vater. »Vorsichtig damit umgehen. Immer nur ein Stück zurzeit essen. Schokolade gibt es heute nirgends mehr. Schmeckt prima, sag ich dir. Nun probier doch schon.«

Ich war 1944 acht Jahre alt. Schokolade hatte ich tatsächlich noch nie gesehen. Aber ich weiß noch, dass ich den ersten Bissen gar nicht so richtig begriff. Kam mir irgendwie etwas bitter vor. Aber dann hatte es gefunkt: Mann, das war ja eine Köstlichkeit! An Süßigkeiten kannte ich bis dahin nur die sogenannten »Kiensche«, die meine Mutter hin und wieder mal in der Bratpfanne herstellte – aus Zucker und Haferflocken.

Natürlich hätte ich am liebsten gleich die ganze Tafel aufgegessen. Aber meine Mutter hielt mich davon ab. »Langsam, langsam, Junge! Immer mit Genuss. Und keine Angst, Papa hat noch mehr davon. Christa bekommt auch noch eine.«

So weit war die Schokolade also eine sehr gelungene Überraschung, eine Bescherung, wie ich sie nicht erwartet hatte. Ich machte mir natürlich nicht die geringsten Gedanken darüber, wie mein Vater an diese exotische Köstlichkeit gekommen war. Dass man ihn dafür hätte erschießen können – woher sollte ich das wissen.

Ich nahm die Tafel Schokolade mit ins Bett; das heißt, ich legte sie auf den Stuhl neben meinem Bett – und als ich dann allein war, wickelte ich die Tafel leise wieder aus und erlaubte mir, noch einmal ganz langsam und genussvoll ein Stück zu essen.

Dann muss ich wohl eingeschlafen sein. Jedenfalls erinnere ich mich genau, dass meine Mutter wieder hereinkam, mein Vater stand neben ihr. Sie zogen mir die Wolldecke weg, hoben mich aus dem Bett und trugen mich zurück zu unserem sogenannten »Handstein« – das war das Spülbecken, in dem meine Mutter das schmutzige Spülwasser auffing – einen Abfluss gab es nicht in unserer Behausung.

»Junge!«, sagte meine Mutter. »Du musst die Schokolade wieder ausspucken! Sie ist vergiftet! Es tut uns so leid. Aber du darfst sie nicht bei dir behalten. Es ist Schokolade vom Feind. Der Engländer hat sie abgeworfen an kleinen Fallschirmen, extra um deutsche Jungens zu vergiften und umzubringen. Um Gottes willen, spuck sie wieder aus!«

Ich wusste überhaupt nicht, wie mir geschah. Meine Mutter verlangte, ich sollte mir den Finger in den Hals stecken, damit ich die Schokolade wieder hochwürgen könnte. Ich kann mich nicht mehr im Einzelnen an den ganzen Vorgang erinnern, aber bestimmt liefen mir Tränen über die Wangen. Meine Mutter nahm mich in den Arm, mein Vater strich über mein Haar und sagte so etwas wie: »Mein tapferer Junge! Am besten erzählst du niemandem etwas davon. Niemandem, verstehst du? Es braucht ja keiner zu wissen, dass wir auf die List des Feindes hereingefallen sind. Und sag auch besser deiner Schwester nichts davon. Sie versteht das noch nicht.«

»Vielleicht kriegst du schreckliche Magenschmerzen heute Nacht«, sagte meine Mutter. »Und wenn du Schaum vor den Mund bekommst, dann komm sofort zu mir.«

Ich begriff im Grunde überhaupt nichts. Ich merkte nur, dass meine Eltern wirklich furchtbar aufgeregt waren und sich offenbar schreckliche Sorgen machten, dass ich an der vergifteten Schokolade sterben könnte. Das tat ich dann allerdings in keiner Weise. Ich hatte nicht einmal Magenschmerzen – von Schaum vorm Mund ganz zu schweigen.

Was ich nicht wusste: Um meine Gesundheit machten sich meine Eltern in Wirklichkeit auch überhaupt keine Sorgen. Viele Jahre später verrieten sie mir den wirklichen Zusammenhang: Die Schokolade stammte aus Heeresbeständen. Ein Kamerad meines Vaters namens Pannecke hatte irgendwie einen ganzen Eimer voll davon »mitgehen« lassen und meinem Vater fünf oder sechs Tafeln zugesteckt.

Weihnachten 44 ging sowieso schon alles drunter und drüber – mein Vater schätzte das Risiko wohl als nur gering ein oder war auch nur im ersten Augenblick zu überrascht, als ihm die Schokolade zugesteckt wurde. Wer dann Heiligabend – als ich schon im Bett lag – plötzlich vor der Tür stand, weiß ich nicht. Auf jeden Fall erhielten meine Eltern die Nachricht: Pannecke ist mit seinem Kübelwagen verunglückt (so hießen die VW-Geländewagen der Wehrmacht) und liegt im Lazarett. Von gestohlener Schokolade wurde gar nichts gesagt – aber meine Eltern bekamen einen furchtbaren Schreck: Wie, wenn Pannecke die gestohlenen Tafeln noch bei sich hatte? Wie, wenn er im Koma redete? Wie, wenn sie ihn verhörten und er verriet, an wen er alles Schokolade verschenkt hatte?

Meine Eltern überlegten blitzschnell: »Wenn wir dem Jungen die Schokolade nur einfach wieder wegnehmen und ihm sagen, dass er niemandem etwas davon verraten darf, besteht die Gefahr, dass er es doch erzählt – zum Beispiel seinem Freund Edgar. Wenn dessen Mutter uns anzeigt, wirst du auf jeden Fall erschossen.«

Kriegsvorräte zu stehlen, und sei es auch nur für seine Kinder, darauf stand die Todesstrafe. Die Schokolade, so erfuhr ich später, war eigentlich Fliegerschokolade gewesen – Belohnung oder Motivation für Bomberpiloten. Zu jenem Zeitpunkt allerdings gab es kaum noch Bombenflugzeuge in Hamburg.

»Wir sagen dem Jungen«, sagte meine Mutter, »dass die Schokolade von den Engländern abgeworfen wurde. Der Junge hat sie gefunden und nicht gewusst, dass sie vergiftet ist. Wenn er dann etwas verrät, ist das nur halb so schlimm. Die werfen doch alle Augenblicke etwas ab, die Engländer, Flugblätter und kleine Fresspakete, um unseren Widerstand zu brechen.«

Und so führten sie es dann aus: vergiftete Schokolade! Ich hatte am nächsten Tag wirklich Angst, krank zu werden. Aber soweit ich mich erinnern kann, hielt ich den Mund und verriet auch meinem Freund nichts.

Bis, ja, bis … Die Geschichte hat nämlich noch einen Anhang.

Bis, wollte ich sagen, im Juni 1945 mein Vater einen Spaten in die Hand nahm und mit mir in den verwilderten Garten ging, der neben unserer Garagenbehausung lag.

»Hier ist die Stelle!«, sagte mein Vater und zeigte auf eine Aushöhlung des Bodens. »Das war unsere Kartoffelmiete. Die war im Winter mit Persenning abgedeckt, darum konnte ich hier graben. Heiligabend habe ich hier die Schokolade vergraben. Vier Tafeln in einer Zigarrenkiste. Die holen wir jetzt raus!«

Tatsächlich: Die Zigarrenkiste kam zum Vorschein. Der Inhalt war noch drin – sah allerdings nicht besonders gut aus. Das Papier um die Tafeln war aufgequollen und schmutzig, in der Zigarrenkiste liefen Käfer umher und mehrere Regenwürmer hatten es sich gemütlich gemacht.

Wir nahmen die Tafeln mit in unsere Küche: sie waren angeschimmelt. Die braune Schokolade hatte weiße Feuchtigkeitsränder. Es war ganz offensichtlich: Das Haltbarkeitsdatum war weit überschritten. Ein Prüfer vom Gesundheitsamt hätte dringend vom Genuss der Ware abgeraten. Aber es gab ja noch kein Gesundheitsamt. Ich habe sie gegessen. Soviel ich weiß, hat sie mir großartig geschmeckt!

Der Weihnachtsmann als Bankräuber

Sehr beliebt ist es immer noch, in der Weihnachtsmann-Verkleidung eine Bank zu überfallen. Jedes Jahr wird wieder berichtet, dass irgendwo bei Pinneberg oder Klein-Pampau ein Weihnachtsmann die Sparkassen-Filiale oder die Raiffeisenbank überfallen hat. Das spielt sich dann meistens folgendermaßen ab:

Ein Weihnachtsmann erscheint im Schalterraum und ruft mit tiefer Stimme: »Ho-ho-ho-ho! Dies ist ein Banküberfall. Legen Sie sich alle flach auf den Boden, dann passiert Ihnen nichts.«

Dann holt der Weihnachtsmann einen Revolver aus dem Sack und wirft den Sack dem Kassierer in seine Kabine: »Los, los, Onkel Dagobert, stopf den Sack voll mit deinen Mäusen. Ich bin der Weihnachtsmann. Du glaubst doch noch an mich, oder?«

Dann wendet er sich noch einmal an die auf dem Boden liegende Kundschaft: »Diesmal, liebe Kinder, habe ich euch nichts mitgebracht, im Gegenteil: Ich möchte etwas mitnehmen!« Und wieder zum Kassierer: »Na, wird's bald? Oder soll der Weihnachtsmann erst böse werden?«

Dann hält er vielleicht noch einmal seinen Revolver in die Höhe: »Und wenn ihr glaubt, liebe Kinder, das hier ist ein Spielzeug-Revolver, dann habt ihr euch getäuscht!« Und er schießt mal kurz in die Decke. Auf dem Boden liegende Frauen schreien auf. Der Kassierer macht sich vor Angst in die Hose, aber gehorsam schüttet er alle seine Mäuse in den Sack vom Weihnachtsmann und reicht ihn vor Angst zitternd über die Glaswand zurück.

Der Weihnachtsmann geht rückwärts aus dem Kassenraum und ruft: »Ich steig jetzt wieder auf meinen Schlitten und fahr zurück in den Himmel, liebe Kinder. Jetzt dürft ihr alle langsam bis hundert zählen, bevor ihr wieder aufsteht. Alle schön artig sein! Wer vorher aufsteht, kriegt als Weihnachtsgeschenk eine Kugel in den Kopf, liebe Kinder! Aber wer möchte das schon zu Weihnachten? Fürch-te-het euch nicht!«

Dann gibt er vielleicht noch einen Schuss in die Decke ab, und damit verschwindet er durch die Tür nach draußen und besteigt seinen Schlitten, sein Motorrad. Die meisten auf dem Boden liegenden Kunden sind brav und artig und haben furchtbaren Schiss, sie fangen tatsächlich an zu zählen: Eins ... zwei ... drei ... vier ... usw.

Ja, ja, die Weihnachtsmann-Maske und der rote Mantel sind nun einmal die ideale Bankräuber-Verkleidung. Und wie hässlich und gemein das ist! Obwohl doch eigentlich inzwischen jeder wissen müsste, dass Weihnachtsmänner manchmal Bankräuber sind, fällt es dem Normalbürger schwer, einem Weihnachtsmann zu misstrauen und gar einen Räuber in ihm zu vermuten.

Das darf Bankräuber allerdings nicht dazu verführen, ihre Aufgabe zu leicht zu nehmen bzw. sich wegen der Idealverkleidung allzu sicher zu fühlen. Und auf keinen Fall darf der Weihnachtsmann ein weiches Herz haben, nur weil er in diesen weihnachtlichen Klamotten steckt. Es ist nämlich in den letzten Jahren schon vorgekommen, dass ein Bankräuber-Weihnachtsmann sich selber in die Falle gegangen ist. Und das spielt sich dann so ab:

Grade haben sich alle Kunden im Schalterraum zitternd und weinend auf den Boden gelegt, der Bankräuber geht auf den Kassenschalter zu, da hält ihn von hinten jemand fest. Er dreht sich um und …

»Lieber guter Weihnachtsmann,
sieh mich nicht so böse an …«

Ein kleines Mädchen steht vor ihm und spricht ihn mit großen glücklichen Augen an. Sie ist vielleicht vier Jahre alt. Der Bankräuber will seinen Sack über den Tresen werfen und ruft schon: »Los, Alter, mach mir den Sack voll.« Aber das kleine Mädchen stellt sich vor ihn hin.

»Packe deine Rute ein, ich will auch immer artig sein.«

»Hau ab, du blödes Gör!«, ruft der Weihnachtsmann. »Ich kann dich nicht gebrauchen.«

Das kleine Mädchen hält sich an seiner Tasche fest. Von irgendwo aus dem Kassenraum ruft eine Frauenstimme: »Michaela! Hilfe, mein Kind!« Aber Michaela ist nicht zu erschüttern. »Mammi, Mammi, der Weihnachtsmann!«, sagt sie entzückt. »Hat du auch meinen Teddybär dabei?«

»Hau ab, du blödes Gör!, hab ich gesagt. Holen Sie Ihr Scheusal hier weg, oder ich knall sie ab!«, schreit der Bankräuber.

Aber die kleine Michaela mit ihren blauen Augen und ihrem blonden Zopf:

»Bist du böse, lieber Weihnachtsmann? Ich hab auch ein Gedicht gelernt.«

Und so niedlich fängt sie an:

»Denkt euch, ich habe das Christkind gesehn,
es hatte die ganze Mütze voll Schnee
mit totgefrorenem Häschen.«

Dem Weihnachtsmann steht der Schweiß auf der Stirn. Die kleine Michaela hängt noch an seiner Manteltasche.

Er hat den Kassierer aus den Augen verloren. Der ist plötzlich verschwunden. Wahrscheinlich hat er unter dem Tresen schon den Alarm ausgelöst. Die Mutter kommt über die liegenden Bankkunden angestolpert: »Michaelaa, bitte, bitte! Komm doch, mein Kind, lass den Weihnachtsmann zufrieden.«

Da zückt der Weihnachtsmann den Revolver.

Michaela fasst ihn am Arm: »Mama, der Weihnachtsmann bringt Carsten ja doch eine Schießpistole. Hat du auch meinen Teddybär, Weihnachtsmann?« Das ist zu viel für den Weihnachtsmann. Er wollte doch niemanden erschießen, das hatte er sich doch ganz fest vorgenommen. Und jetzt sogar ein Kind?

»Scheiße!«, ruft der Weihnachtsmann, »Scheiße! Scheiße! Scheiße! Ich bringe keine Kinder um. Das kann niemand von mir verlangen!« Und mit weinerlicher Stimme ruft er noch einmal: »Scheiße!« und flieht ohne Sack aus der Sparkasse.

Michaela ist etwas enttäuscht. »Weihnachtsmann, böse?«, fragt sie ihre Mutter.

Die fängt jetzt auch an zu heulen. Die Kunden stehen wieder vom Boden auf. Und nun weint auch Michaela: »Bringt mir keinen Teddybär, der Weihnachtsmann!«

»Doch, doch, mein Kind«, sagt die Mutter. »Er kommt ja noch mal wieder – zu uns nach Hause.«

Schwein und Meerschwein

Ein Schwein von rund
sechshundert Pfund
begegnete einmal
in einem verräucherten Schweinelokal,
wo die Bierchen flossen und Weinchen,
einem Meerschweinchen.

Ich heiße Schwein, sagte das Schwein.
Und wie heißt du, Freundchen?

Ich heiße Meerschweinchen.

Hoho, das kann wohl nicht sein,
grunzte das Schwein.
Du kannst doch nicht mehr Schweinchen heißen
als ich. Und das kann ich beweisen.
Denn ich wiege rund
sechshundert Pfund.
Aber du bist so winzig und klein
und viel weniger Schwein.

Nein, Meerschwein, sagte das Meerschwein.

Und dann hörte man sie hin- und herschrein:
Schwein! Meerschwein! Viel mehr, mehr Schwein!

Und das Schwein
schnappte ein.

Und ist wutentbrannt
aus der Kneipe gerannt.

Aber das Meerschweinchen
trank noch einige Weinchen
und lallte dann: Irgendwas kann da nicht stimmen:
Meerschweinchen bin ich – und kann so schlecht
schwimmen.

Ein ganz normaler Beruf

Zwischen Weihnachten und Neujahr, wenn alle Leute sich was vornehmen für das nächste Jahr, sitzen auch Hermann und Hermine, das Rentner-Ehepaar, zusammen und planen so ein bisschen ihre Zukunft.

Hermine fragt ihren Mann ganz nebenbei: »Wann warst du eigentlich zuletzt im Bordell, Hermann?«

»Wie bitte?«, fragt Hermann empört. »Was soll die Frage denn? Ich im Bordell?«

Aber Hermine tut, als ob das Thema ganz alltäglich wäre: »Ich mein ja nur«, sagt sie. »Alle Männer waren schon mal im Bordell.«

»Aber ich nicht!«, sagt Hermann sehr entschieden. »Was fällt dir überhaupt ein, wie kannst du mich so etwas fragen!«

»Jetzt könnte ich doch auch mal anschaffen gehen«, sagt Hermine ganz ruhig. »Für'n Urlaub oder so. Verstehst du?«

Hermann kneift die Augen zu und reißt sie wieder auf: »Anschaffen? Wie bitte? Auf den Strich gehen willst du? Sag mal, was ist denn bloß los mit dir?«

»Wieso?«, fragt Hermine ganz unschuldig. »Wo das doch jetzt ein ganz normaler Beruf ist. Mit Arbeitslosenversicherung und Rentenanspruch und alles. Und Steuern müssen die jetzt auch bezahlen. Und wenn du schon öfter im Bordell warst, kann ich dann ja auch mal ...«

Jetzt wird Hermann ungemütlich: »Hör sofort mit diesem Blödsinn auf! Wie kannst du mir so etwas unterstellen. Und du als Nutte? Ich lach mich kaputt. Findest du nicht, dass du ein bisschen zu alt dafür bist mit 78 Jahren?«

»Zu alt? Nein, Hermann, es gibt auch extra alte Huren. Schön dick und alt. Steht sogar in den Anzeigen in der Zeitung. Manche Männer mögen das. Das müsstest du aber wissen von deinen Bordellbesuchen.«

»Sei jetzt ruhig, hab ich gesagt! Was ist das überhaupt für ein Schwachsinn! Hure soll ein Beruf sein wie jeder andere. Dann können wir ja jetzt Margret sagen, sie soll unsere Enkeltochter einfach ins Bordell schicken. Die ist arbeitslos.«

»Aber gewiss doch«, sagt Hermine ganz ungerührt. »Und du könntest ihr dann ja schon mal ein bisschen was erzählen von deinen Erfahrungen im Bordell.«

»Jetzt ist aber Schluss!«, sagt Hermann laut und böse. »So ein Gesetz – das kann doch gar nicht wahr sein. Wahrscheinlich hat irgendeine Prostituierte einen hohen Politiker in ihrem Etablissement fotografiert und damit erpresst. Und damit das nicht raus kommt, haben sie jetzt so ein Gesetz erlassen!«

»Sei doch nicht so wütend«, sagt Hermine. »Ich finde es jedenfalls sehr gut, dass diese Frauen jetzt sozial abgesichert sind. Und so einen Freier auch mal verklagen können, wenn der nicht bezahlen will.«

»Hahahaha!«, lacht Hermann gehässig. »Das ist ja nun sowieso der allergrößte Unsinn. Bezahlt wird nämlich im Bordell immer vorher! Das hab ich überhaupt noch nie erlebt, dass man erst hinterher …«

Oma tüdelt wohl schon ein bisschen

Sandra ist jetzt 15. Sie hat ihre Oma sehr lieb.

»Unsere Oma, das muss ich Ihnen erzählen«, sagt Sandra, »also unsere Oma, die ist süß. Sie ist schon 96 Jahre alt. Die tüdelt sich was zusammen, kann ich Ihnen sagen. Lauter Märchen, lauter Schrott und Unsinn, aber süß. Ich könnte ihr immer zuhören.

Als sie mein Handy sieht, fragt sie: Was machst du denn damit? Ich sage: Alles Mögliche. Auch hin und wieder mal telefonieren.

Da lacht sie ganz laut und sagt: Wir haben ja früher noch mit der Scheibe gewählt.

Ich sag: Was für ne Scheibe denn?

Am Telefon, sagt sie, das hatte eine Scheibe mit so Löchern zum Wählen. Da steckte man den Finger in so eine Scheibe und dann drehte man die Scheibe, bis es nicht mehr weiter ging, und dann drehte sich die Scheibe von alleine zurück. Und dann machte man dasselbe noch mal – also noch mal die Scheibe mit den Löchern und den Finger rein.

Ja, so was erzählt meine Oma. Völligen Quatsch, echten Schrott, den denkt sie sich aus. Ist das nicht süß? Na ja, sie ist ja auch schon 96.

Ich hab ihr Plätzchen mitgebracht, so Kekse aus'm Supermarkt. Da guckt sie mich an und sagt: Sind das Kiensche?

Ich sag, was sind denn Kiensche?

Kennst du keine Kiensche, sagt sie. Ach, du armes Kind. Und dann fängt sie wieder an zu tüdeln. Kiensche, sagt sie, die gibt es immer zu Weihnachten. Die machen wir uns selbst. Aus Haferflocken und Fett und Zucker. In der Pfanne werden sie heiß gemacht. Kiensche sind köstlich, sagt sie. Die schmecken viel besser als alle Plätzchen und Kekse. Nie im Leben, behauptet sie, hat sie wieder so köstliche Süßigkeiten gegessen.

Ja, Oma spinnt ein bisschen. Aber ist das nicht süß? Sie ist ja auch schon 96.

Sie erzählt Sachen, die kann es gar nicht geben. Alles ausgedacht. Zum Beispiel sagt sie: Sie hätten Weihnachten nichts zu essen gehabt. Weihnachten nichts zu essen! Das muss man sich mal vorstellen. Ja, da hätten sie einmal sogar ganz schrecklichen Hunger gehabt. Weihnachten Hunger. Wo doch überall Süßigkeiten und Gebäck rumstehen und Schokoladenweihnachtsmänner bis zum Abwinken und jeder ist bis obenhin voll von der Weihnachtsgans.

Aber Oma erzählt, als wenn das wirklich wahr wäre: Sie hätten Heiligabend zusammen gesessen und die Kinder hätten geweint und das Taschentuch ausgesaugt, so hungrig waren sie. Aber da mit einem Mal wäre sie aus der Küche gekommen und hätte gerufen: Kinder, es ist Weihnachten. Ich hab einen Kaninchenbraten für euch.

Und die Kinder, erzählt meine Oma dann ganz begeistert, die hätten getanzt vor Freude und hätten das magere gebratene Kaninchen gegessen und noch was aufbewahrt für den ersten Weihnachtstag. Und dabei kichert Oma so listig und sagt: Erst zwei Wochen später hätten die Kinder gemerkt, dass der Kater nicht mehr da war. Hihihihi.

Ja, solche Geschichten tüdelt Oma sich zusammen. Ist schon manchmal richtig makaber.

Ach, Oma ist so süß. Sie ist ja auch schon 96. Sie hatten früher kein Fernsehen, sagt sie. Nicht nur Weihnachten nicht, sondern überhaupt nicht. Kann man sich doch gar nicht vorstellen oder? Die hätten nicht mal GZSZ gekannt, sagt sie oder DSDS oder Germany's Next Topmodel, sagt sie, das kannte sie nicht. Nicht mal Heidi Klum – dabei ist die doch schon fast genauso alt. Na ja, vielleicht hat Oma es ja auch vergessen, sie ist ja schon 96. Was hast du denn gemacht, frag ich, wenn du spätabends aus der Schule kamst?

Gelesen, sagt sie. Gelesen! Also nee. Echt makaber, meine Oma.

Und immer nur Blödsinn im Sinn. Wie ich mit der Fernbedienung ein anderes Fernsehprogramm anschalte, sagt Oma: Als sie dann später einen Fernseher hatte, da musste sie immer extra aufstehen vom Stuhl, zum Fernseher gehen und auf einen Knopf drücken, um ein anderes Programm zu wählen, und dann wieder zurück zum Stuhl und sich hinsetzen. Und wenn sie wieder das vorige Programm sehen wollte, musste sie wieder aufstehen, zum Fernseher gehen und drücken und dann wieder zurück zum Stuhl und sich wieder hinsetzen. Aber darum sagt Oma, ist sie auch so fit geblieben und 96 geworden – durch das ewige Aufstehen und Hin- und Herlaufen. Ja, solche Märchen erzählt meine Oma.

Aber das Größte, worüber ich mich schieflachen könnte: Sie behauptet steif und fest, SMS hätte es auch nicht gegeben. Sie weiß gar nicht, was das ist. Ich sag: Oma, das kann doch nicht sein. Wie habt ihr euch denn damals verabredet, wenn ihr euch zum Spielen treffen wolltet?

Ganz einfach, sagt sie. Da haben wir geklingelt.

Ich sag: Geklingelt? Wo habt ihr geklingelt?

Unten an der Tür, sagt sie, wo die Freundin wohnte.

Und haben ins Treppenhaus gerufen, ob sie mal runterkommen kann.

Ja, sie ist 96, meine Oma. Ich mein, sie kann nichts dafür. Sie phantasiert eben. Aber so niedlich, so süß.

Und dann erzählt sie noch ganz leise: Einmal, da war sie schon 18, hat ein Junge bei ihr übernachtet, weil die Eltern nicht da waren. Aber das hat dann eine Nachbarin an die Polizei verraten – und da musste der Vater zwei Tage ins Gefängnis. Wegen Kuppelei. So einen Blödsinn erzählt meine Oma. Wenn das stimmen würde, dann müssten meine Eltern ja schon lebenslänglich haben …

Die vertauschten Geschenke

Bernds Handy machte sein SMS-Düdeledüüd.

Bernd sah auf das Handy und dann sofort in Richtung Wohnzimmertür. Hatte Renate etwas gehört? Das war natürlich wieder eine SMS von Sonja. Dabei hatte er seiner Geliebten doch regelrecht eingeschärft: Ruf mich auf keinen Fall über Weihnachten an. Auch keine SMS schicken, bitte. Aber was musste er wieder lesen? HDGGDL. Hab dich ganz ganz doll lieb. Und dazu noch so ein Kürzel IHSLD. Was soll das denn nun wieder heißen. Aber die Erklärung hatte sie gleich mitgeschrieben: Ich hab so Lust auf dich! »Sie will mich absichtlich in Schwierigkeiten bringen«, dachte Bernd und drückte Option und Löschen.

Im gleichen Augenblick kam auch schon Renate herein. Sie trug ihre Trachtenjacke. Wie immer zu Weihnachten. Bernd konnte diesen Aufzug nicht ausstehen. Das störte Renate aber nicht im Geringsten. Protestieren hatte keinen Sinn. Und gleich fragte sie mit ihrer nervigen Quietsch-Stimme: »Na, wer simst denn da schon wieder mit dir?«

»Ach, niemand«, sagte Bernd und schob das Handy wieder in die Tasche. »Spam. Werbung. Sogar Heiligabend. Da kennen die ja nichts. Aber Renate, wir wollten uns doch unsere Geschenke überreichen …« Damit schob er ihr auf dem Tisch einen Karton zu – in der Größe eines Schuhkartons etwa. »Bin gespannt, was du sagst.«

Renate sah ihren Mann skeptisch an. Dass sie sich überhaupt noch Geschenke machten, war ohnehin erstaunlich. Ihre Ehe war nun wirklich nicht mehr frisch. Aber Renate hatte ja auch zwei teure Oberhemden gekauft. Die lagen auch schon auf dem Gabentisch.

»Ich vermute mal«, sagte Renate spöttisch, »eine elektrische Brotschneidemaschine oder ein Tischstaubsauger, nicht wahr?«

»Aber Renate, nicht immer so negativ. Nur weil ich dir einmal dieses Superbügelbrett mit dem automatischen Verdampfer geschenkt hab ... Aber das war nur gut gemeint. Das sollte dir ganz einfach deine Arbeit er ...«, Bernd stockte. Ihm blieb der Satz im Hals stecken. »Um Gottes willen ...«, entfuhr es ihm.

Renate hatte das Geschenkpapier schon entfernt. Darunter kam ein roter Karton zum Vorschein.

»Was ist um Gottes willen?«, fragte Renate.

»Ach nichts, ich glaube ... ich dachte ... mir kommt es so vor ... na ja, macht ja nichts.«

Bernd wäre am liebsten weggelaufen. Verdammt, er hatte die Geschenke vertauscht! Dies hier, das erkannte er doch sofort am Karton, dies hier war das Geschenk für Sonja! Und was für ein Geschenk: rote Strapse, Reizwäsche für seine schöne Geliebte.

Jetzt war nichts mehr zu retten. Das war das Ende seiner Ehe. Welche Ausrede konnte er noch erfinden? »Das muss die Verkäuferin verwechselt haben ...« oder »Da hab ich wohl den falschen Karton erwischt« – alles viel zu schwach. Hilflos sah Bernd die Katastrophe auf sich zukommen.

Renate öffnete den Karton.

Renate stutzte.

Ungläubig sah sie ihren Mann an.

Geradezu feierlich nahm sie die roten Strapse aus dem Karton und hielt sie in die Höhe.

Aber dann, dann verklärte sich ihr Gesicht:

»O, Bernd«, flüsterte sie. »Das ist ja … Ach Bernie, du glaubst ja nicht, wie ich mich freue.«

Bernd begriff überhaupt nichts.

»Na ja«, sagte er, »ich konnte doch nicht wissen …«

Renate fiel ihm um den Hals und küsste ihn.

»O, Bernie-Bärchen«, flüsterte sie, »das ist ja eine Liebeserklärung. Ja, ja, ich weiß: Ich bin eine langweilige Frau für dich. Ich habe nicht den Mut. Ich bin so altmodisch. Ich hasse mich ja selbst dafür.

Dass du mir so etwas zu Weihnachten schenkst, das ist so lieb von dir. Ich werde mich bessern. Ich habe jetzt schon Lust auf dich. Aber, Augenblick – was ist das denn?«

Am Boden des Kartons lag noch eine Art Weihnachtskarte.

»Nein, das bitte nicht!«, rief Bernd verzweifelt.

Er griff nach der Karte.

Aber Renate gab sie nicht her.

»Auch noch ein Gedicht hast du geschrieben. O, Bernie, was ist los mit dir?«

»Nicht das Gedicht! Bitte! Ich kann nicht dichten. Ich schäme mich!«, rief Bernd.

Renate aber ging durchs Zimmer und las das Gedicht laut vor:

Mein lieber Schatz, mein Herz, es weiß:
wenn ich dich seh, dann wird mir heiß!
Es schlägt mein Puls, es rast mein Blut!
Ich will dich! Und es tut mir gut,
wenn dies Geschenk so scharf du trägst,
bevor du dich dann zu mir legst.

Bernd hielt sich die Hände vors Gesicht. Aber Renate umarmte ihn. »Komm, Bernd, lass es uns jetzt gleich tun. Es ist schon fast ein Jahr her, mein Liebling. Aber ich habe mich doch immer nach dir gesehnt. Und ich habe nicht geahnt, wie sehr du es auch noch willst. Los, wir wollen es tun. Jetzt gleich hier auf dem Tisch!«

»Äh … ja, o wie schön … äh, dass ich das Richtige gefunden habe. Das freut mich, Renate.«

Es war gar nicht so einfach, so schnell zu begreifen, was ihm da widerfuhr. »Aber doch nicht auf dem Tisch und unterm Tannenbaum«, stotterte er, um Zeit zu gewinnen.

»Ja, gut, dann geh ich schon ins Schlafzimmer!«, flötete Renate und küsste ihren Mann noch einmal voller Leidenschaft. »Und die hier – die ziehe ich gleich an!« Sie schwebte davon und hielt die Strapse hoch wie eine Siegesfahne, als wäre sie wieder zwanzig oder wenigstens dreißig.

Bernd ließ sich auf den Stuhl fallen. Er hatte Sonja doch versprochen: »Nach dem Fest sage ich es ihr. Ich reiche die Scheidung ein.« Obwohl er selbst nicht wusste, ob er das wirklich ganz ernst meinte.

»O Gott!«, sagte er leise vor sich hin. Denn jetzt war ihm die zweite Katastrophe eingefallen: Sonja hatte jetzt das andere Geschenk, das elektrische Rheuma-Heizkissen. Eine Beleidigung für seine Geliebte. So jung und feurig und dann ein Heizkissen!

»Sonja«, flüsterte er in sein Handy. »Ich weiß, wir wollen uns nicht anrufen. Aber bitte, hör mir zu …«

»Ach nein«, meldete sich die aufregend tiefe Stimme von Sonja. »Ist deine Frau grad mal im Garten? Hast du dich bei euch im Keller versteckt? Na ja, Hauptsache, du bist bei deiner lieben Ehefrau. Als Geliebte ist man es ja gewohnt, zurückzustehen. Du bist ein Feigling, weißt du das …«

»Sonja, hör zu. Ich ruf nur ganz kurz an: Pack das Geschenk bitte nicht aus. Ich schäme mich.«

»Aber sofort packe ich es aus! Was ist denn da so schrecklich?«

Sie legte den Hörer beiseite. Bernd hörte, wie sie das Papier abriss, und dann: »O, das hätte ich nun nicht gedacht. Du denkst an meine Rückenschmerzen. Wie süß von dir. Ich hätte schwören können, du schenkst mir ein teures Parfüm oder scharfe Unterwäsche, wie das Männer mit ihren Geliebten machen. Aber ein Heizkissen? Das ist ja … ach, du lieber Mensch du, das ist ja, als wenn du mich ernst nimmst. Da fühle ich mich ja schon fast als deine Frau.«

»Ach so«, stotterte Bernd, zum zweiten Mal perplex an diesem Abend. »Freut mich, wenn es dir gefällt.«

»O, und ein Gedicht hast du mir auch geschrieben!«

»Nein, nicht das Gedicht! Ich kann nicht dichten!«, rief Bernd, erschrocken, dass er so laut gesprochen hatte. Aber aus Richtung Schlafzimmer rief Renate:

»Das Gedicht war doch noch das Beste. Kommst du, Bernie-Bärchen?«

Am Telefon las Sonja mit feierlicher Stimme:

Mein Schatz, du weißt, in deinem Arm
fühl ich zu Hause mich und warm.
Dies Kissen hier schenkt alle Zeit
dir Wärme und Geborgenheit.
Dass du noch lang mich liebhast – und
vor allen Dingen: bleib gesund!

»Hör doch mal, Sonja«, flüsterte Bernd in sein Handy, »Ich muss dazu was sagen …«

Sonja konnte ihn natürlich nicht hören. Sie nahm ihr Handy wieder auf: »Bist du noch da, Bernd? Kannst du mich noch hören? Du glaubst nicht, wie ich mich freue. Nicht so sehr über das Heizkissen. Aber dass du dir so etwas hast einfallen lassen für mich – und keine Reizwäsche oder Parfüm, du, das, das tut mir so gut. Jetzt glaube ich dir, dass du es ernst meinst.«

»Ich muss Schluss machen«, flüsterte Bernd. Und Sonja war nicht wie sonst gehässig und bissig.

»Ja, ist gut, mein Schatz«, sagte sie. »Ich liebe dich.«

Aus dem Schlafzimmer meldete sich Renate.

»Wo bleibst du, mein Geliebter!«, flötete sie, »Ich bin so ungeduldig!«

Und Bernd machte sich an die harte Aufgabe, mit seiner eigenen Frau zu schlafen. Und das auch noch an Weihnachten.

Ich glaub auch an den Weihnachtsmann

Gabriela (12) auf die Frage »Glaubst du an den Weihnachtsmann?«:

Mich spricht ein Typ an: Ja, er wär
beim Fernsehn, und zwar Regisseur,
sie drehn da grad nen Film und so
Komm mit zu mir ins Studio.
Du siehst so jung und sexy aus.
Ich bringe dich noch ganz groß raus.
Und dass ich ihm voll glauben kann.
Ja, ja, sag ich, und seh ihn an:

Ich glaub auch an den Weihnachtsmann!

Ein anderer fescher Typ, der grinst
mich an, dass er mein Geld verzinst!
Im Fernsehspot, vom Transparent:
dass ich ihm voll vertrauen könnt.
Denn seine Bank plant Tag und Nacht.
nur eins: wie sie mich reicher macht!
Wir sind für dich da, glaub daran!
Ja, ja, denke ich, grins mich nur an:

Ich glaub auch an den Weihnachtsmann!

Sie fallen mit ihrem Militär
brutal über die Städte her,
sie bringen Tod und Leid und Grau'n

selbst über Kinder, Greise, Frau'n.
Und zwar: weil sie die Menschen lieben.
Sie tun das alles für den Frieden.
Das soll ich glauben? Hört mich an:
Ich glaub, eh ich euch glauben kann,

schon lieber an den Weihnachtsmann!

Die Herren Politiker und auch
die Bosse mit dem dicken Bauch,
sie stellen sich täglich vor mich hin:
Dass ich für sie die Zukunft bin.
Ausbildungsplätze schaffen sie.
»Wir scheuen Kosten nicht noch Müh.
Glaub uns, wir schaffen Arbeit ran.«
Ja, meine Herrn, ich warte dann:

Ich glaub auch an den Weihnachtsmann.

Doch übrigens, als gestern nach
der Schule Hendrik mich ansprach
und druckste rum und sagte: »Nee,
er fände mich doch echt okay«,
da hatt ich plötzlich weiche Knie
und dachte bei mir irgendwie:
Ich glaube … Hilfe … Mann o Mann
(das geht Sie überhaupt nichts an).

Jetzt glaub ich auch wieder an den Weihnachts-
mann!

Immer noch nicht geschieden

Schon zweimal hat mich unsere Tochter Frederike gefragt: »Wann lasst ihr euch eigentlich mal scheiden, Papa? Bei uns in der Klasse sind alle Eltern geschieden, manche schon zweimal. Bloß ihr nicht. Alle meine Freundinnen haben einen Vater und dazu dann noch den neuen Freund ihrer Mutter. Oder sie haben zwei Mütter – eine ältere und eine jüngere. Ich komm mir immer echt bekloppt vor, wenn ich bei einem Lehrer angeben muss: Ich hab nur Vater und Mutter. Bei den andern kommt immer mal jemand anders zum Elternabend, die haben drei Eltern und mehr. Nur wir nicht. Ich finde das voll derbe.«

Das Dumme ist, ich kann das auch nicht richtig begründen. Jede Liebe ist bekanntlich vorbei, wenn es mit dem Sex bergab geht. Dann kommt eine Geliebte oder ein anderer Mann und schon sind die zwei auseinander. Bloß wir nicht. Ich glaub, wir sind schon – ich weiß gar nicht wie lange – zusammen, das ist schon richtig peinlich. Wahrscheinlich aus lauter Schlampigkeit. Bis wir zum Beispiel mal die Wohnung renovieren, das verschieben wir von einem Jahr aufs andere. Andere Eltern renovieren alle zwei Jahre ihre Wohnung oder ihr Haus, aber dann eben meistens schon wieder mit einem neuen Partner. Und das motiviert natürlich ganz anders.

Unsere Kinder sagen: »In den Ferien fährt Fiona zu ihrem ersten Vater. Da hat sie jetzt schon zwei Halbbrüder. Mit denen spielt sie jeden Tag Fußball.« (Also am Computer. Aber immerhin!)

»Mareks Mutter sitzt seit ihrer Scheidung in einer wunderschönen Nervenheilanstalt irgendwo im Sauerland«, erzählt unsere Tochter. »Die besuchen sie mit ihrem Vater und seiner Freundin und dem Baby von der Freundin – die haben eigene Ponys nebenan, da darf Marek drauf reiten. So was gibt es alles nicht bei uns. Warum nicht?«

Ja, wir wissen, es wäre schon längst mal an der Zeit gewesen, sich scheiden zu lassen, man will ja auch nicht als konservativ gelten.

Neulich auf der Hochzeit von dem Sohn unserer Nachbarin sagt einer der Gäste so beim Essen: »Ihr wisst ja, diese Frau Pauli aus Bayern hat vorgeschlagen: Es soll jetzt bald ein Gesetz geben, dass jede Ehe nur sieben Jahre dauert.« Da hat der Bräutigam ganz entsetzt die Augen aufgerissen und gefragt: »Wie bitte? So lange?«

Dann kommt wieder unser Sohn Paul nach Hause und erzählt, dass der geschiedene Vater von seinem Freund Nils als Penner auf der Straße am Hauptbahnhof gesehen wurde. Sie sind beide hin und haben ihn auch erkannt. Das ist natürlich mal was Besonderes für einen zehnjährigen Jungen.

»Guck mal, Papa«, sagt meine Tochter, »Anna wird am ersten Weihnachtstag von ihrem geschiedenen Vater abgeholt, und dann gibt es noch eine Bescherung bei ihm und seiner Freundin. Und das Beste: Anna ruft ihren Vater immer eine Woche vorher an und gibt ihm ihre Wünsche durch. Dann sagt sie zum Beispiel: ›Eine Audio-Anlage, das weiß ich schon – die kriege ich von meinem Stiefvater ganz bestimmt nicht.‹ – ›Ist gebongt‹, sagt der Vater. Und schon steht eine Anlage für sie bei ihm auf dem Gabentisch, das lässt er sich doch nicht nehmen.«

Ich gebe es zu: Unsere Kinder sind arm dran. Eigentlich können wir das gar nicht verantworten, dass wir immer noch zusammen sind.

Weihnachtserpressungen

O, jetzt hat meine Frau mich aber doch verunsichert:

»Wenn du nicht artig bist bis Weihnachten«, sagt sie so neckisch, »dann kriegst du das wunderbare Geschenk nicht, das ich für dich habe.« Verdammt noch mal. Was mach ich da? Das ist die sogenannte Weihnachtserpressung. Man wird erpresst – aber man weiß gar nicht genau, womit. Ich darf nicht mehr übers Essen meckern. Gleich heißt es: »Überleg es dir gut. Noch kann ich das Geschenk wieder umtauschen.«

Verdammt noch mal, aber was für ein Geschenk überhaupt? Nachher sind es doch wieder nur Socken und ein Schlips und dafür bin ich dann vier Wochen lang »artig« gewesen.

Man könnte es natürlich auch umgekehrt machen. Das Geschenk überhaupt erst kaufen – je nachdem, wie der Ehe- oder Lebenspartner sich vor Weihnachten verhalten hat. Wenn sie mir noch einmal vor Weihnachten diese schrecklichen Königsberger Klopse aus der Dose vorsetzt, dann kauf ich eben nur was Kleines. Stück Seife oder so.

Oder auch bei Ihnen zu Hause: Das ganze Jahr sind den Kindern ihre Eltern peinlich: O Gott, die Alten wieder. Ich soll nicht ohne Licht Fahrrad fahren; ich soll auch als Mädchen ein Kondom bei mir tragen; ich soll vor 23 Uhr nach Hause kommen – all diese spießigen Sachen, für die du dich nur genieren kannst. Aber gut, vier Wochen vor Weihnachten könnte es doch unklug sein, direkt vor der Haustür zu rauchen. Der Alte hat zwar noch nie wirklich getan, was er angedroht hat, dazu ist er ja auch zu spießig, aber wer weiß, vielleicht rückt er die Kohle für'n Führerschein dann doch erst zu Ostern raus. Also schön heucheln: Bitte, hab ich die Kondome eben bei mir und rauch die Lulle an der Straßenecke und nicht vor der Haustür.

Und Sie, meine Dame? Seit einer Woche haben Sie schon keinen fremden Parfümgeruch mehr an seiner Unterwäsche festgestellt? Ja, was denken Sie: Er meint es ernst. Bis Weihnachten. Seine Geliebte hat nämlich Angst, dass ihr Mann hinter ihr Verhältnis kommt und ihr dann zu Weihnachten nicht das Cabrio kauft, das er ihr versprochen hat. Nach Weihnachten kann er es ihr nicht wieder wegnehmen.

Und dich, Oma, nerven sie jetzt auch nicht mehr. Hast schon gemerkt? Haben dich so nett und rechtzeitig eingeladen zu Heiligabend. Ihr Schwiegersohn will Sie sogar abholen mit seinem Wagen? Ja, Oma, sagen die beiden, es tut uns leid, dass wir manchmal ein bisschen unartig waren und sogar deinen 85. Geburtstag vergessen haben. Aber wie du neulich gesagt hast, du könntest ja deine Wertpapiere der Kirche … Nicht, dass sie auf das Erbe scharf sind, aber, bitte, liebe Omi, stecke deine Rute ein, wir wollen auch wieder artig sein.

Weihnachtslogistik

Jedes Jahr am Tag vor Heiligabend bricht bekanntlich der Notstand aus in Deutschland.

Zwei Feiertage stehen bevor. Wie soll die Bevölkerung die überstehen, ohne zu verhungern. Außer dass die Kühltruhe eigentlich schon voll ist, der Kühlschrank überquillt und alles mögliche Gebäck in den Schränken gestapelt ist, sind kaum noch weitere Vorräte im Haus. Um Gottes willen – das reicht doch alles nie!

Da muss die verantwortungsvolle Mutter und Hausfrau natürlich vorsorgen. Also stürzt sie sich mutig in die Einkaufsschlacht. Aber Achtung, da lauert noch eine besondere Gefahr: Überall diese Kundenschlangen vor den Kassen bis hinten an die Käsetheke. Drei, vier Schlangen nebeneinander. Hausfrauen mit ganzen Wagenladungen voller Lebensmittel und Klopapier. Und in allen Mienen das Triumphgefühl: Ich besiege den drohenden Notstand an den Feiertagen. Aber nun die Schicksalsfrage: Bei welcher Schlange stelle ich mich an mit meinem Einkaufswagen?

Hierzu nun der folgende Bericht einer professionellen Hausfrau und Mutter von vier Kindern:

Im Laufe der Jahre habe ich eine ziemlich erfolgreiche Strategie entwickelt. Dazu war es allerdings erst einmal nötig, vier Kinder zur Welt zu bringen und sie so weit hochzupäppeln, dass ich sie als Hilfstruppen beim Weihnachts-Proviant-Fassen planmäßig einsetzen kann. Und zwar wie folgt:

Sofort nach Betreten des Supermarktes erkenne ich, dass die Schlange an Kasse eins kürzer ist. Da stelle ich mich an. Aber nein, halt: Da stehen allein drei Frauen mit dem Extra-Riesen-Einkaufswagen. Großfamilien, die sich wahrscheinlich bis Ostern bevorraten. Das dauert ja ewig. Dann doch lieber die längere Schlange an Kasse zwei. Da sind die meisten einigermaßen normal beladen. Aber – Hilfe! – ich erkenne sofort: Da stehen vorn zwei oder drei Rentnerinnen in der Schlange, grauhaarige Mütterchen, allerliebst. Das kennt man ja, bis die ihre Münzen aus der Geldbörse gefummelt haben! (»Gucken Sie doch mal, sind das 20 Cent oder 50 Cent?« – »Nein, das sind 20 Cent, Frau Wallrauch.« – »Wirklich? Gucken Sie doch noch mal genau.«) Dann vielleicht doch lieber an Kasse drei anstellen. Da stehen wenigstens keine Mütterchen. Aber, verdammt, das sehe ich jetzt erst: An Kasse drei sitzt ein Mann. O nein! Ich weiß aus langer leidvoller Erfahrung: Da komm ich ja bis heute Abend nicht mehr hier raus. Männer an der Kasse! Die müssen doch bei jeder Ware ohne Barcode erst wieder nachfragen! Also doch ausweichen auf Kasse zwei.

Als kampferprobte Hausfrau weiß ich: Es gibt Hauptschlangen und Subschlangen, also Unterschlangen. Die Kassenschlangen sind die Hauptschlangen. Entsprechend teile ich meine Fußtruppen für den Direktangriff ein:

Claudia, meine 10-Jährige, bekommt Order, sich an der längsten Kassenschlange anzustellen; **Ruth**, die Kleinste, 9-Jährige, wird zum Anstellen an der kürzesten Kassenschlange abkommandiert; **Frauke**, die 12-Jährige, hat ihren Einsatz an einer Subschlange: sie muss Butter, Milch, Eier und Käse besorgen, und zwar an der Käsethekenschlange, das ist eine Subschlange. **Helga**, die 14-Jährige, hat den Auftrag, Knödel, Soßenfond, Toastbrot und Weihnachtsgebäck einzuladen; ich selber stelle mich an der Schlachtertheke an, und zwar an der Schlachtertheken-Aufschnitt-Unterschlange. Daneben gibt es nämlich noch die Schlachtertheken-Frischfleisch-Unterschlange, an der muss man sich extra anstellen. Der Schlachter auf der Aufschnittseite weigert sich jedes Mal standhaft, auch Beefsteaks oder Koteletts mit abzuwiegen. Es dauert nicht lange, dann kommt **Frauke** mit Milch, Käse und Eiern bei mir vorbei, lässt ihre Wagenladung begutachten und von mir genehmigen, kriegt sofort Order, noch Butterkekse einzuladen und danach zu den Hauptschlangen vorzudringen. Dort muss sie selber entscheiden: Übergibt sie ihre Ladung nun **Claudia** oder **Ruth** in der Schlange? Es gilt nämlich die Möglichkeit einzukalkulieren, dass inzwischen die längere Schlange zur kürzeren geworden sein könnte. Durch **Fraukes** Entscheidung wird nun eine der beiden Mädchen aus der Hauptschlange frei und hat sich ihrerseits mit ihrem Auftragszettel zum Gemüsestand durchzuschlagen: Rotkohl, Boskop-Äpfel für die Gans, Strauchtomaten, Suppengrün. Sie muss sich in der Gemüse-Unterschlange anstellen, um Obst und Gemüse abzuwiegen, denn zu Weihnachten machen die das nicht so gern an der Kasse.

Inzwischen hat **Helga** den Soßenfond, die Knödel, das Toastbrot und das Weihnachtsgebäck ausgesucht und eingeladen, fährt damit zur Hauptschlange und übergibt die Ware an **Claudia** oder **Ruth**, je nachdem, wer da jetzt steht. **Helga** kommt zurück zu mir zur Schlachter-Aufschnitt-Unterschlange und bekommt Anweisung sich in der Schlachter-Frischfleisch-Unterschlange anzustellen. Ich erhalte den Aufschnitt, gehe schnell weiter und besorge noch Hundefutter und Nutella. Ich komme zurück, übergebe Hundefutter, Nutella und den Aufschnitt an

Claudia oder **Ruth**, die damit zu unserem Haupt-Depot, also an die Kassenschlange, läuft; ich wechsle mit **Helga**, die jetzt schon ziemlich vorn in der Schlachter-Frischfleisch-Unterschlange steht, übernehme das Hack, die Beefsteaks, das Schaschlik und die Putenbrust.

Inzwischen hat **Claudia** oder **Ruth** (je nachdem, wer von den beiden nicht mehr in der Kassenschlange steht) die Gemüsestand-Unterschlange überstanden und alles Gemüse mit Preisschildern beklebt. **Helga** holt sie ab, wir treffen alle an der Hauptschlange ein, laden bei **Ruth** oder **Claudia** den requirierten Proviant in ihren Einkaufswagen. **Frauke** hat in aller Ruhe noch den Wodka für Vater und den Kirschlikör für Oma sowie das dazugehörige Knabbergebäck angeschleppt und lädt es ebenfalls ab. Ich löse nun die Hauptschlangenplatzhalterin ab, es stehen nur noch zwei Kunden vor mir. **Helga** fragt: Hast du an die mexikanischen Maisfladen gedacht? Nee, die hab ich vergessen. Kein Problem, sie saust schnell los. **Frauke** sagt: Wir haben Papas Kaffeesahne vergessen und rennt ganz von alleine los. Ich bin schon beim Ausladen der Waren auf das Laufband, da treffen die letzten Lieferungen von **Helga** und **Frauke** ein. Eine Hausfrau meckert hinter mir: »So geht das aber nicht. Wenn das jeder so machen würde?«

»Ja, warum machen Sie es dann nicht?«

»Ich habe keine vier Kinder.«

»Tja, sehen Sie, die muss man natürlich erst mal gekriegt haben, um in dieser Schlacht siegreich zu sein.«

Und wo ist jetzt **Ruth**, die Kleinste, geblieben? Die ist sofort nach ihrer Ablösung rüber zu ALDI. Da steht sie schon an der Kassen-Hauptschlange. Denn da geht das Ganze noch mal von vorn los.

Alles eine Frage der Organisation.

Lametta

Warum ist eigentlich Lametta aus der Mode? Jedenfalls hier bei uns im Norden sieht man Weihnachten kaum noch Lametta an den Tannenbäumen.

»Sie werfen schon wieder Lametta ab«, hörte ich meine Eltern im Krieg sagen. Das waren dann aber die Störstreifen, die die Engländer aus den Bombern abwarfen, um die Radar-Empfänger damit zu stören. Aber das hat uns nicht gehindert, auch noch direkt nach dem Krieg Lametta in den Weihnachtsbaum zu hängen.

Aber irgendwann war es dann out, das Lametta.

Schade eigentlich. Grade am Lametta konnte man früher so schön den Charakter seiner Bekannten und Verwandten erkennen:

Unsere Tante Christiane zum Beispiel war ihr ganzes Leben eine wahrhaft vorbildliche Hausfrau oder besser gesagt so eine Art Vorstand der Familie. Nie habe ich als Kind gesehen, dass in ihrem Haus auch nur die Spüle in der Küche nicht aufgeräumt war.

»Christiane kämmt zweimal am Tag ihre Teppichfransen«, sagte mein Vater immer. Wehe, es wagte mal jemand, in Straßenschuhen ihren Flur zu betreten.

»Junge, willst du wohl die Schuhe ausziehen! Du verdirbst mir den ganzen Teppich. Wer weiß, was du hier alles reinschleppst!«

Auch ihr Garten war immer in Ordnung. Sogar im Winter waren die Beete aufgelockert, der Rasen war sauber wie ein Teppich, kein Blättchen und kein Zweiglein drauf zu sehen – und die Rasenränder wie mit dem Lineal gezogen. Na gut, aber so war es eben auch mit ihrem Lametta im Tannenbaum: Ordentlich und sorgfältig symmetrisch, jeden Lamettastreifen einzeln über den Ast gelegt und alle in derselben Länge. Sie muss Stunden daran gesessen haben, die einzelnen Fäden über die Äste zu legen.

Das war Tante Christiane: ordentlich, penibel und akkurat.

Dagegen bei uns zu Haus! Es gab zwei verschiedene Lametta-Ideologien. Wenn mein Vater den Tannenbaum schmückte, legte er mit einem Griff je fünf bis zehn Lamettastreifen über die Äste. Das ging ratz-fatz. Er stieg auf den Stuhl und dann von oben bis unten: hier ein kleines Bündel und dort eins. Dann trat er etwas zurück und besah sich sein Werk.

»Ich finde es nicht gut«, sagte er, »dass die Streifen immer verschieden lang sind. Das sieht ja aus wie Stufenschnitt beim Friseur. Nein, unten müssen alle Streifen auf einer Höhe enden.«

Sprach's, nahm die Schere und schnitt jedem einzelnen Lamettabüschel sozusagen die Frisur.

Sah irgendwie trostlos aus, wie das Lametta immer schnurgerade abgeschnitten war. Mein Vater aber war zufrieden.

»Da seht ihr, was gutes Handwerk ist!« Das war also die Handwerksmethode. Und in der Tat konnte man auch an seiner Lametta-Gestaltung seinen Charakter ablesen. Er war nämlich von Haus aus Handwerker. Allerdings, wie meine Mutter immer sagte: Versuchs-Handwerker.

»Wenn euer Vater einen Nagel in die Wand schlägt«, sagte sie, »muss er das immer zweimal machen. Der erste Nagel wird krumm. Meistens haut er sich dabei auch auf die Finger. Erst der zweite Nagel sitzt.« Und das stimmte. War zum Beispiel der Ausguss vom Waschbecken verstopft, warf er sich mutig unter das Waschbecken, schraubte den Krümmer ab (der damals noch nicht wie heute so praktisch aus Kunststoff bestand), ging damit zur Toilette und warf die Abfälle, die sich darin gesammelt hatten, in die Toilettenschüssel. Dann ging er zurück zum Waschbecken und stellte das Wasser an, bevor er den Krümmer angeschraubt hatte. Natürlich schwamm sofort die ganze Küche. »Verdammt«, rief er, »ich hab ja den Krümmer noch gar nicht wieder angeschraubt.« Diese mutige Art, handwerkliche Arbeiten zu erledigen, sprach auch aus seinen konsequent abgeschnittenen Lamettastreifen.

Ich selber war schon immer ein Künstler. Ich malte gern und hatte schon sehr früh eine Vorliebe für moderne, abstrakte Bilder. Darum malte ich auch keine Kühe und Häuser, sondern Kreise, bunte Dreiecke und blaue Strahlenbündel. Meine Schwester und die übrige Familie begriffen das natürlich nicht – ich war schon immer unverstanden. Aber das genoss ich. Irgendwo fiel mir mal ein Grafik-Heft mit Drucken von Kandinsky in die Hand. Die schnitt ich mir aus und hängte sie in meinem Zimmer auf. Darüber konnten alle anderen nur den Kopf schütteln: Das sollen Bilder sein?

Jetzt können Sie also schon erraten, wie der Tannenbaum aussah, wenn ich die Aufgabe hatte, das Lametta anzubringen. Es war einfach genial: Da war keine Ordnung, da war nichts abgeschnitten. Alles hing in künstlerischer Unordnung wild durcheinander. Oben war vielleicht ein ganzes Bündel auf einem Ast, in der Mitte hingen die einzelnen Streifen von den Ästen, als wären sie von einem starken Sturm dort hingeweht. Als freischaffender künstlerischer Mensch, der als solcher vor allem dem Zufall, der Vorsehung ihre Möglichkeiten lässt, stellte ich mich etwa einen Meter fünfzig vom Baum entfernt auf und warf die Lamettastreifen mit kreativem Schwung in den Baum – etwa so wie der Bauer seinen Getreidesamen ausbringt.

Natürlich begriff das wieder niemand in meiner Familie.

»Typisch der Junge«, sagte mein Vater. »Ein Zeugnis seiner Faulheit!«

»Nein, das ist nicht wahr«, sagte ich. »Ich habe das Lametta kreativ verteilt.«

»Na klar«, sagte mein Vater, »Das ist ja das Praktische an der Kreativität – dass man sie von Faulheit gar nicht unterscheiden kann.«

Das Wunder der jungfräulichen Geburt ist mir ja bis heute noch nicht ganz klar. Dabei bewundere ich alle Frauen dafür, dass sie die Babys zur Welt bringen – was ja, wie man weiß, nicht immer ein reines Vergnügen ist. Es ist ja auch nirgendwo erwähnt, ob Maria eine einfache oder komplizierte Geburt mit ihrem Jesuskind hatte. Besonders schmerzhaft kann die Geburt aber wohl nicht gewesen sein, sonst wäre sie dabei ja nicht Jungfrau geblieben.

Rührselige Ansprache vor einem Wochenbett

Das haben Sie ja wieder großartig gemacht,
Verehrteste! Und ich bewundere Sie.
Einen richtigen Menschen zur Welt gebracht!
Ganz ehrlich, das könnte ich nie!

Mag sein, Sie denken: Was ist schon dabei?
Und lächeln still, bescheiden wie Sie sind.
Ja freilich ist der Vorgang nicht mehr neu,
und doch, ich bitte Sie: ein lebendiges Kind!

Und überhaupt, was fällt mir Esel ein,
zu solchen Sachen mein I-A zu geben!

Wo zwischen dem Noch-nicht- und dem Nicht-
mehr-Sein
ein Jetzt-Sein stolz beginnt, ein Leben,
sollt unsereiner wohl die Schnauze halten

und in sich gehen und bedenken seine Sünde
und beten oder wenigstens die Hände falten
anstatt zu tun, als ob er was davon verstünde.

Ja, sehen Sie, das ist der nackte Neid.
So dazustehen und ratlos zu gaffen,
wie Sie als Frau für die Unsterblichkeit
mit großem Mute große Werke schaffen.

Auch denk ich: dass der Mann bleibt ungeschoren,
die Frau jedoch hat Schererei und Tränen,
ist von Natur nicht, wie's wohl scheint, verkehrt.

Seht euch doch um!
War, was ein Mann geboren,
je einer Träne wert?

Engelsgesang und elektrische Kerzen

Ja, wenn die Welt verkehrt rum wär …

Jetzt spielen wir verkehrte Welt!
He, Kinder! Das wollen wir genießen.
Wird alles auf den Kopf gestellt.
Wir grüßen mit den Füßen.

Die leeren Flaschen sind jetzt voll.
Das Eisen wird zu Gold.
Die Volksvertreter, das ist toll,
vertreten jetzt das Volk.

Am späten Abend kräht das Huhn.
Die Mäuse Katzen fressen.
Die SPD vertritt ab nun
die Arbeiterinteressen.

Und frei heißt ab sofort: besetzt.
Und habt ihr schon gehört:
die Ärzte heilen die Kranken jetzt
und nicht mehr umgekehrt.

Wer lacht, der weint, wer weint, der lacht.
Zu Trost wird Hohn und Spott.
Die Kirche, habt ihr das gedacht?,
glaubt an den lieben Gott.

Wer nüchtern diese Welt versteht,
glaubt an den Weihnachtsmann.
Im Fernsehn läuft von früh bis spät
ein echt gutes Programm.

Ja, alles ist total verdreht.
Licht aus heißt jetzt Licht an.
Die Wahrheit in der Zeitung steht.
(*Bild*-Zeitung – Mann, o Mann!)

Politiker selbst lügen nicht,
und fällt's auch noch so schwer:
Was man uns vor der Wahl verspricht,
das gilt auch hinterher.

Wer dich mit Guten Morgen grüßt,
der tut's, weil er dich mag.
In Hamburg schönes Wetter ist.
Und das den ganzen Tag.

Sagt deine Frau: Ich bin dir treu!,
dann meint sie's lieb und nett
und liegt nicht etwa grad dabei
mit nem anderen im Bett.

Ach, wenn die Welt verkehrt rum wär,
das wär doch gar nicht dumm.
Denn wenn die Welt verkehrt rum wär,
dann wär sie richtig rum!

Sechs Richtige

Eine Woche vor Weihnachten war der vierzigjährige Joachim Bergkämper, Bauingenieur und Nachbar der Körners, zu einem kleinen Friedensgespräch rübergekommen. Es ging um eine Nachbarschaftsangelegenheit. Bergkämpers Hund hatte mal wieder in der Nacht zu laut und zu lange gebellt. Bergkämper versprach, dass es nicht wieder vorkommen würde. Es war ihm wichtig, die Unstimmigkeit vor Weihnachten in Ordnung zu bringen.

Lena Körner, siebzig Jahre alt, dreifache Oma und einfache Urgroßmutter, war allein zu Haus. Ihr Mann war auf den Weihnachtsmarkt gegangen. Sie freute sich wirklich sehr, dass ihr Nachbar gekommen war. Heimlich hatte sie ihn schon immer verehrt. Sie hatte Kaffee gekocht, ein paar Kekse auf den Tisch gestellt und die Kerzen am Adventskranz angezündet. Dann schenkte sie Kaffee ein.

»Ich freue mich sehr, dass Sie mich besuchen, Herr Dr. Bergkämper«, sagte Lena. »Es ist für mich eine Erholung, auch einmal mit einem gebildeten Menschen zu sprechen. Mein Mann – na ja, ich will ja nichts Schlechtes über ihn sagen – aber er kann mir manchmal einfach nicht folgen, verstehen Sie?«

»Ach, das kann ich mir ja gar nicht vorstellen. Herr Körner ist doch auch ein sehr kluger Mensch.«

»Nun ja, wie man es nimmt. Sie, Herr Dr. Bergkämper, verstehen doch bestimmt sehr viel von Mathematik, nicht wahr? Allein schon wegen Ihres Berufs.«

»Ach Gott, ja. Was man so braucht zum Häuserentwerfen, das kann ich schon noch, aber sonst …«

»Es geht nämlich um unseren Lottogewinn«, sagte Lena, und man merkte ihr an, dass sie aufgeregt war.

»Tatsächlich?«, staunte Bergkämper. »Sie haben im Lotto gewonnen?«

»Ja, ja, das haben wir. Aber mein Mann will es nicht wahrhaben. Greifen Sie gerne zu bei den Keksen.«

»Aber da muss man Sie ja beglückwünschen!«, sagte Bergkämper. Er hielt ihr seine Hand hin zur Gratulation.

»Eigentlich ja«, sagte Lena. Sie schob seine Hand erst einmal vorsichtig zurück. »Eigentlich ja. Aber mein Mann hat keinen Lottoschein abgegeben.«

»Um Gottes willen. Welch ein Desaster!«, rief Bergkämper. »Sie hatten sechs Richtige und haben vergessen, den Lottoschein abzugeben? Das ist ja furchtbar. Da würde sich so mancher das Leben nehmen!«

»Ach ja«, seufzte Lena. »Es ist aber noch viel schlimmer. Wir haben überhaupt nicht gewettet. Und auch keinen Schein ausgefüllt. Und nun stand doch der Jackpot auf 35 Millionen. Und die hätten wir doch gehabt.«

Bergkämper war ein bisschen irritiert. »Wie soll ich das verstehen? Sie haben nicht gewettet und trotzdem gewonnen?«

»Ja, ganz recht. Das sagt uns doch die Logik. Wir gehören doch zu denen, die sechs Richtige mit Zusatzzahl gehabt hätten, wenn wir gewettet hätten, weil doch die, die gewettet haben, keine sechs Richtigen mit Zusatzzahl hatten, so dass also die sechs Richtigen mit Zusatzzahl bei denen gewesen sein müssen, die nicht gewettet haben. Und wir haben nicht gewettet. Das ist doch mathematisch gesehen richtig – oder?«

»Augenblick, ja«, stotterte Bergkämper. »Aber Entschuldigung, um sechs Richtige mit Zusatzzahl zu haben, muss man doch auch wetten. Oder?«

»Ja, richtig«, sagte Lena. »Deswegen sage ich doch: Wenn wir gewettet hätten, hätten wir sechs Richtige mit Zusatzzahl gehabt, weil doch die, die gewettet haben, keine sechs Richtigen mit Zusatzzahl hatten. Verstehen Sie?«

»Ach so«, sagte Bergkämper und gab sich Mühe, nicht zu lächeln. »Ich verstehe. Sie meinen, die Wahrscheinlichkeit, dass Sie sechs Richtige mit Zusatzzahl gehabt hätten, hat sich dadurch, dass die, die gewettet haben, alle keine sechs Richtigen mit Zusatzzahl hatten, entsprechend erhöht. Das meinen Sie, nicht wahr?«

Lena strahlte vor Begeisterung: »Sehen Sie, Herr Dr. Bergkämper, Sie verstehen mich. Aber mein Mann streitet immer alles ab. Ihm fällt nichts weiter ein, als: ›Wenn wir gewettet hätten, hätten wir auch keine sechs Richtigen mit Zusatzzahl haben können.‹ Aber ich sage: ›Wenn wir gewettet hätten und hätten keine sechs Richtigen mit Zusatzzahl gehabt, dann w-ü-s-s-te-n wir wenigstens, dass wir keine sechs Richtigen mit Zusatzzahl gehabt haben. Oder wenn wir den Schein ausgefüllt hätten, aber vergessen hätten, ihn abzugeben, dann wüssten wir ja vielleicht auch, dass wir keine sechs Richtigen mit Zusatzzahl gehabt haben – aber gerade dadurch, dass wir überhaupt nicht gewettet haben und auch keinen Schein ausgefüllt haben, wissen wir doch nicht, dass wir keine sechs Richtigen mit Zusatzzahl gehabt haben – also hätten wir sie doch gehabt, die sechs Richtigen mit Zusatzzahl und den Jackpot.«

Bergkämper blickte an die Decke und machte ein Gesicht, als würde er gerade eine sehr komplizierte mathematische Aufgabe im Kopf lösen. »Ja, jetzt begreife ich Sie!«

»Ja, Sie! Sie begreifen mich!«, rief Lena. »Aber mein

Mann! Wissen Sie, was er sagt? Dann wetten wir eben am nächsten Wochenende noch einmal. Aber man kann doch nicht zweimal hintereinander sechs Richtige haben!«

»Verblüffend!«, rief Bergkämper und hielt Lena wieder seine Hand hin. »Herzlichen Glückwunsch zu Ihrem Lottogewinn! Sie sind praktisch 35-fache Millionärin!«

»Na ja, eigentlich ja«, sagte Lena. »Möchten Sie noch eine Tasse Kaffee?«

Die falsche Fälschung

Dass acht von zehn Leuten mit falschen Krokodilen rumlaufen, ist ja normal. Also ich meine diese Lacoste-Krokodile. Über Markenfälschungen regt sich doch kaum noch jemand auf. Das führt aber manchmal zu ganz absurden Situationen.

Carsten und Moni machen Bescherung. Moni freut sich über das schöne Geschenk, das sie für Carsten hat. »Frohe Weihnachten, mein Liebling. Jetzt bin ich aber mal gespannt, was du dazu sagst.«

Sie legt ihm ein kleines, kostbar aussehendes Päckchen auf den Tisch.

Carsten schmunzelt: »Hm. Etwas Kleines. Etwas Wertvolles, was? Aber mein Liebling, du weißt doch, ich brauche nichts. Als Mann ist man doch eigentlich bedürfnislos.«

Moni ist ganz aufgeregt: »Pack es aus, ich will dein Gesicht sehen.«

Carsten wickelt aus und strahlt: »Eine Uhr … eine Armbanduhr …« Und dann mit listigem Unterton: »Nein, das ist ja wohl nicht wahr. Das ist … das ist … Mein Liebling. Eine Cartier. Junge, Junge!«

»Ja! Eine Cartier! Ich habe mir gedacht: Einmal im Leben soll mein Mann auch etwas wirklich Wertvolles tragen. Du immer mit deinen Billig-Armbanduhren von Watch oder Switch oder wie die heißen.«

Carsten spielt weiter den Überwältigten: »Ganz toll. Die macht ja wirklich was her. O, ich danke dir, mein Liebling!« Er dreht die Uhr von vorn nach hinten und wieder zurück. »Und die sieht absolut echt aus. Da ist überhaupt kein Unterschied zu sehen.«

Moni muss lachen: »Ein Unterschied? Was denn für ein Unterschied?«

»Na ja, zu einer echten, meine ich. Das ist ja aber auch wirklich kaum zu fassen, wie die das hinkriegen heutzutage. Das kann niemand unterscheiden, nicht mal der Wissenschaftler im Labor. Ich hab schon mal eine echte in der Hand gehabt und ...«

»Carsten!!« Moni sieht Carsten bedeutungsvoll an.

»Was denn bitte?«

»Carsten! Das i-s-t eine echte. Glaubst du, ich schenke dir zu Weihnachten ein Falsifikat?«

Carsten muss erst mal Luft holen Dann sieht er sich die Uhr noch einmal ganz genau an. Er will es nicht begreifen. Sein Gesicht verfinstert sich. »Das ist, das ist tatsächlich eine echte, eine echte Cartier. Ja, bist du denn wahnsinnig?«

»Für meinen Mann ist mir nichts zu teuer.«

Moni ist stolz. Moni strahlt übers ganze Gesicht.

Aber Carsten ist entsetzt: »Um Gottes willen. So ein, so ein Dings, das kostet 6 000 Euro. Tut mir leid, aber dann kann ich sie überhaupt nicht tragen.«

»Die kannst du überhaupt nicht tragen? Wieso denn nicht?«

»Ach hör doch mal, Moni! Welcher Idiot läuft denn heute noch mit einer echten Cartier rum, wo man die von einer gefälschten überhaupt nicht unterscheiden kann. Wenn meine Freunde das rauskriegen – die lachen mich doch aus. Kein vernünftiger Mensch kauft sich heute noch – ach, entschuldige bitte – noch so einen Scheiß-Markenartikel zu einem Wahnsinnspreis, wenn man ihn sowieso nicht unterscheiden kann.«

Da wurde Moni plötzlich eiskalt: »Ach so, na ja, dann will ich dir mal etwas sagen. Natürlich ist sie nicht echt. Ich wollte ja nur mal sehen, ob du es bemerkst. Du glaubst doch nicht im Ernst, dass ich 6 000 Euro für dich hinblättere!«

Carsten ist richtig erleichtert: »Ach, so ist das«, lacht er. »Du wolltest mich reinlegen, was? Ach, da bin ich aber erleichtert. Danke schön, mein Schatz. Aber wie viel hat sie denn nun …«

Moni lächelt gehässig: »Man spricht nicht über den Preis bei Geschenken.«

»Ja, aber doch nur, wenn sie teuer sind. Nicht wenn sie günstig sind.«

Moni seufzt schwer und sieht Carsten mitleidig an: »Also gut. Du willst es ja unbedingt wissen: Sie hat überhaupt nichts gekostet. Ich habe mit meinem Chefredakteur geschlafen. Und dafür hat er sie mir geschenkt.«

Böse und beleidigt rauscht Moni aus dem Zimmer.

Aber Carsten steht da und sieht ihr ungläubig nach. Dann ruft er ihr hinterher: »Wie bitte? Mit Brodersen? So ein Miststück! Der schläft mit meiner Frau und schenkt ihr dafür nur ne Fälschung! So eine Sauerei!«

Anni und Else in Ohlsdorf

Nicht nur zu Ostern oder zum Totensonntag, nein eigentlich ziemlich regelmäßig und so auch vor Weihnachten besuchten Anni und Else auf dem großen Hamburger Friedhof Ohlsdorf ihren Heinz und ihren Kurt.

Die ruhten ja nun beide schon seit fünf Jahren (Kurt) bzw. seit sieben Jahren (Heinz) dort in ihren Gräbern. Anni und Else pflanzten gemeinsam Begonien oder auch mal Stiefmütterchen, harkten und begossen die Blumen. Vor Weihnachten brachten sie die Gräber natürlich nur »in Ordnung«, wie Else sich ausdrückte.

»Kommt mir vor, als wenn ich immer noch sein Bett mache«, sagte Else dann. Ja, inzwischen scherzten sie sogar über ihre verstorbenen Männer.

»Heinz hat immer gesagt: Bloß keine Blumen auf mein Grab. Was soll ich damit? Kannst ja ne Buddel Rum über mir ausgießen.«

»Ja, so sind sie, die Kerle«, sagte Else. »Kein Respekt vor den Toten, nicht mal, wenn sie es selber sind.«

Meistens gingen die beiden dann anschließend noch spazieren auf dem Friedhof und in ein Café, um eine Tasse Kaffee zu trinken. »Ohlsdorf ist eigentlich der schönste Park in Hamburg – wenn man sich die vielen Toten mal wegdenkt.«

Eines Tages aber wurden sie bei ihrem Spaziergang von einem typisch Hamburger Regenschauer überrascht. Es goss wie aus Eimern, wie man in Hamburg sagt. Wo sollten Anni und Else so schnell hin? Also rüber zur Kapelle zwölf. Sie wollten sich doch bloß unterstellen. Aber da empfing sie schon der schwarzgekleidete Mann mit dem traurigen Gesicht.

»Schnell, schnell«, sagte er, »es hat grad angefangen.« Ehe sie sich versahen, saßen Anni und Else unter den trauernden Angehörigen in der Kapelle. Es war eine große Beerdigung. Sie hörten die schöne Predigt des Pastors, hörten Musik von Bach und drückten beim Rausgehen der Witwe und den Töchtern zum Beileid die Hände. Es kam einfach so. »Sie kommen doch noch mit?«, fragte die Witwe. Und so saßen Anni und Else plötzlich mitten unter den anderen Gästen bei der Trauermahlzeit im Restaurant.

»Ich hab Angst«, flüsterte Else.

»Ach was«, sagte Anni, »ich hab einen furchtbaren Hunger.«

Zwar kamen hin und wieder fragende Blicke von den Verwandten zu ihnen herüber – aber das war schnell geklärt.

»Wir kennen den Verstorbenen noch aus der Schulzeit«, sagte Anni zu ihrer Nachbarin.

»Schön, dass Sie gekommen sind«, erwiderte die. Damit hätte die Geschichte eigentlich zu Ende sein können. Aber Anni – sie hatte ja schon immer den Schalk im Nacken – Anni wollte nach der Trauerfeier unbedingt noch mal auf den Friedhof. Es regnete jetzt ja auch nicht mehr.

»Irgendwie fand ich es sogar schön«, sagte Else, »einen fremden Menschen zu betrauern. Wir sind doch alle Fremde in dieser Welt, wenn man es recht bedenkt.«

»Else«, sagte Anni, »jetzt müssen wir uns noch Kaffee und Kuchen verdienen.«

Else hatte stärkste Bedenken, aber dann saßen die beiden plötzlich in Kapelle zehn. Else musste wirklich

Heinz

weinen über das harte Schicksal der Mutter mit drei Kindern, die hier von uns gegangen war. Die Beerdigung war nicht so groß wie die am Vormittag. An der Kaffeetafel mussten Else und Anni schon etwas geschickter sein. Aber erstens hatten sie inzwischen schon etwas gelernt (»Wir waren zusammen im Luftschutzkeller.«), und außerdem musste Else sowieso immer weinen, so dass die Tischnachbarin ihr sogar tröstend über den Kopf strich. So war auch diese Beerdigung ein voller Erfolg.

Seither haben Anni und Else schon an die zweihundert Beerdigungen besucht. Aber man muss Else glauben, wenn sie sagt: »Es ist wirklich nicht nur wegen des Essens. Ich geb ja zu: Ich hab schon allerhand Rente gespart. Aber das Wichtigste ist doch das Menschliche. Und dass es so schön traurig ist.«

Anni dagegen sagt: »Ein paar Pastoren kennen uns schon. Aber die verraten uns nicht. Sonst verraten wir nämlich, wie oft sie wörtlich dieselbe Predigt auf verschiedenen Beerdigungen halten.«

Ein Engelsgesang

Ich bin ja nun ein Engel, wie ihr alle seht.
Doch jetzt sag ich euch mal, wie es so im Himmel zugeht.
Da sitzt man auf der Wolke, und das ist ziemlich öd.
Hosianna singen ist auf die Dauer auch reichlich blöd.
Und zu trinken gibt's nur Nektar, keinen Wein und kein Bier.
Und dann blicken wir vom Himmel auf die Erde hier
und möchten alle gerne auf die Erde zurück
und euch sagen: Menschen, so begreift doch euer Glück.

Und es erschallt aus den himmlischen Höhen.

Wir sagen euch: Ihr Menschen, werdet bloß keine Engel.
Hört auf mit eurem ewigen Wehklagen und Gequengel.
Als Engel schwebt ihr nur herum und müsst vergeistigt gucken,
und was glaubt ihr, wie die Federn an den Flügeln manchmal jucken.

Auf der Erde könnt es besser als im Himmel sein,
wenn ihr Frieden halten würdet, seht doch das mal endlich ein!
Ihr habt die Bäume und die Tiere und die Blumen, bitte sehr,
und die Vögel singen – ja, was wollt ihr denn noch mehr?
Wo ihr hinseht, seht ihr Wunder. Doch ihr seid ja viel zu dumm,
euren Himmel zu genießen, bringt euch gegenseitig um.

Wäre Frieden auf der Erde, braucht nicht in den Himmel ihr,
denn mit etwas mehr Verstand wäre euer Himmel hier!

Und es erschallt aus den himmlischen Höhen.

Wir sagen euch: Ihr Menschen, werdet bloß keine Engel.
Wenn ihr erst in den Himmel kommt, da fallt ihr glatt vom Stängel.
Da schwebt ihr im Elysium und müsst vergeistigt gucken,
und was glaubt ihr, wie die Federn an den Flügeln manchmal jucken.

Aber nein: Ihr müsst ja kämpfen für eine Religion,
für Allah oder Mohammed sowie für Gottes Sohn.
Und mit Jungfrauen als Belohnung ist es leider auch ganz schlecht.
Im Himmel gibt's keinen Sex, Engel haben kein Geschlecht.
Auf der Erde, da könntet ihr den Himmel euch bauen:
Da gibt es die Liebe zwischen Männern und Frauen,
Darum seid doch nicht so dumm, seid doch nicht so blind
für die vielen Seligkeiten, die auf Erden sind.

Und wieder erschallt es aus himmlischen Höhen.

Wir sagen euch: Ihr Menschen, werdet bloß keine Engel.
Wenn ihr erst in den Himmel kommt, da fallt ihr glatt vom Stängel.

Das kleine Büro

»O ja! Das ist es! Das ist das Geschenk für meinen großen, lieben Papa!« Sie war so erleichtert. Zwei Tage war Kiara mit ihren sieben Jahren ganz allein durch das große Einkaufszentrum geirrt – auf der Suche nach einem Geschenk für ihren Vater. Zu Hause hatte sie sich den kleinen Kopf zerbrochen:

»Was könnte ihm gefallen? Worüber würde er sich wirklich freuen? Und vor allem: Was könnte er gut gebrauchen?«

Sie dachte immer nur voller Ehrfurcht an ihren Vater. Ja, auch immer mit ein bisschen Angst.

Kaum sprach er mal ein Wort mit ihr. Ach, kaum gab es überhaupt Gelegenheit dazu. Höchstens mal morgens beim Frühstück, bevor Kiara zur Schule ging. Aber da musste sowieso immer alles so schnell gehen. Einmal hatte Kiara es schon gewagt, ihn morgens zu fragen:

»Wünschst du dir etwas zu Weihnachten, Papa?«

Er hatte die Frage einfach überhört. Alles andere war ja auch viel wichtiger.

»Heute ist der Termin mit Klagenbach. Ich hoffe, du hast alle Unterlagen zusammen«, sagte er zu Kiaras Mutter und ging in sein Büro. Dort saß er meist den ganzen Vormittag und durfte auf keinen Fall gestört werden.

»Bitte lass deinen Vater zufrieden. Er muss wichtige Sachen vorbereiten. Damit verdient er sein Geld und wir leben davon. Also stör ihn bitte nicht.«

Als sie einmal vormittags nicht in die Schule gehen konnte, weil sie Fieber hatte, und ihren Kassetten-Recorder angestellt hatte – ganz leise nur, wie sie meinte –, hatte ihr Vater plötzlich durch den Flur gebrüllt: »Ruhe! Stell sofort den Lärm ab. Wer soll denn dabei arbeiten!«

Am Nachmittag fuhr der Vater fast jeden Tag in seinem Wagen irgendwohin. »Papa muss zu seinen Kunden«, erklärte ihr ihre Mutter. Manchmal kam er mehrere Tage nicht zurück. Wenn er dann aber zurückkam, stürmte er meistens in den Flur und rief:

»Ich kriege einen Kaffee, Laura«, hängte seinen Mantel an die Garderobe und verschwand schon wieder im Büro. Kiara bekam höchstens ein flüchtiges Lächeln von ihm zu sehen,

Einmal hatte Kiara sich an einem Nachmittag in das Büro ihres Vaters geschlichen. Sie wollte unbedingt herausfinden, was er da eigentlich immer zu tun hatte. Das war aufregend gewesen, als wäre sie irgendwo eingebrochen.

Was sie dann sah, war allerdings enttäuschend: ein Schreibtisch mit einer Auflage, eine Schale mit Kugelschreibern, Buntstiften und Bleistiften. Und hinter dem Schreibtisch eine Regalwand mit Ordnern, auf denen standen rätselhafte Worte wie: »Katasteramt«, »Grundbuchauszüge« oder auch »Finanzamt« und eine ganze Reihe Ordner mit Straßennamen und Anschriften: »Louisenstraße 24« oder »Alfredstraße 7« und »Wulmstorf-Projekt«. Was machte ihr Vater? Kiara wusste es immer noch nicht.

»Dein Vater hat es nicht leicht«, erzählte ihr die Mutter immer wieder. »Wenn man selbstständig ist, hat man keinen Feierabend.«

Ja, ihr Vater war für Kiara ein großer, ganz wichtiger Mann. Dass er keine Zeit für sie hatte, musste sie eben begreifen. Er arbeitete ja auch für sie und für die Mutter. Oft kam er sogar mit Schweißperlen auf der Stirn aus seinem Büro und stöhnte:

»O, Gott, o Gott, wer soll das bloß alles schaffen!«

Kiara sah, dass ihn seine Arbeit im Büro und außer Haus vollkommen in Anspruch nahm, so dass er an nichts anderes mehr denken konnte. Abends saß er dann erschöpft im Wohnzimmer und sah irgendein Fernsehprogramm. Dabei konnte Kiara ihn natürlich auch nicht stören. Das war die einzige Erholung, die sich ihr großer Vater gönnte. Aber Kiara hatte sich eines Tages regelrecht entschlossen, ihren Vater über alles zu lieben. Wenn sie ihm schon nicht näherkommen konnte, weil sie zu unwichtig und zu klein war, wollte sie ihn wenigstens in ihrem Herzen festhalten. Sie sehnte sich danach, ihm ein paar Fragen stellen zu dürfen, sie wünschte sich manchmal, wenn sie im Bett lag, dass er sie einmal in die Arme nehmen würde. Aber sie wusste eben: Das geht nicht. Dafür hat ihr wunderbarer Vater überhaupt keine Zeit. Und gerade darum liebte und verehrte sie ihn umso mehr.

Und jetzt war es ihr gelungen: Es war der 22. Dezember. Kiara hatte genau das richtige Weihnachtsgeschenk für ihren Vater gefunden.

Wie eine Erleuchtung war es über sie gekommen:

»Das kleine Büro«. Ein kleines Schreibetui lag im Papierwarenladen plötzlich in der Vitrine vor ihr. Nicht größer als ein großes Portemonnaie. »Ihr kleines Büro« stand auf dem Pappschild mit roten Buchstaben auf grünem Grund. Sie ließ es sich von der Verkäuferin zeigen. Zugeklappt sah der Einband wie Leder aus – es war aber kein Leder, nur so eine Imitation. Aber doch mit einem goldenen Rand. Der war natürlich auch nicht aus Gold, aber er sah so aus. Aufgeklappt war ein Schreibblock zu sehen mit Perforation, damit man die einzelnen Blätter herausreißen konnte. Und in der Mitte in einer kleinen ledernen (oder doch wie Leder aussehenden) Schleife steckte ein Kugelschreiber. Auch der mit einer golden aussehenden Spange, mit der man ihn feststecken konnte.

Kiara wusste sofort, dass »Ihr kleines Büro« genau das war, was ihr Vater brauchte. Und zwar wenn er unterwegs war. Da konnte er doch schließlich nicht seine ganze Schreibunterlage mitnehmen und die Schale mit den Stiften, also sein großes Büro. Dafür würde er dann aber von nun an dieses »kleine Büro« haben. Wenn er etwas aufschreiben oder notieren musste, konnte er das Büro herausholen – und vielleicht sogar einen von den Notizzetteln demjenigen überreichen, mit dem er verabredet war.

Kiara war glücklich. Sie hatte vorher an alles Mögliche gedacht: Schlips oder ein schönes Taschentuch oder ein Kamm oder Rasierwasser. Alles hatte sie sich angesehen. Aber das war doch alles nichts Besonderes, das konnte man doch jedem Vater schenken – alle möglichen anderen Väter bekommen so etwas von ihren Kindern geschenkt. Sie aber wollte etwas Besonderes für ihren Vater, etwas, das nur er richtig nötig hatte. Und jetzt hatte sie es gefunden: ein »kleines Büro« für unterwegs. Sie lief nach Hause, um ihre Mutter zu bitten, ihr noch 10 DM auf das zukünftige Taschengeld zu leihen, denn der Preis dieses wunderbaren Büros überstieg die Summe, die sie gespart hatte. Dann lief sie zurück ins Einkaufszentrum und hatte plötzlich Angst, dass ihr schon jemand das Geschenk, ihr kleines Büro weggeschnappt hatte. Aber Gott sei Dank – es lag noch in der Verkaufsvitrine. Kiara ließ sich das Weihnachts-Geschenkpapier lose mitgeben, um das Geschenk zu Hause selbst einzupacken.

So konnte sie es auch noch ihrer Mutter zeigen.

An diesem Abend lag sie im Bett und war so richtig froh. Sie dachte immer nur daran, wie sehr ihr Vater sich freuen würde. Endlich hatte er sozusagen ein zweites Büro, ein Büro für unterwegs. Und sie hatte es für ihn gefunden. Eigentlich war es ja gar nicht das Geschenk, auf das sie so stolz war. Sie freute sich am meisten darüber, wie sehr ihr Vater sich freuen würde – und dass er durch das Geschenk merken würde: Sie verstand ihn, sie wusste, was er gebrauchen konnte und was ihm seine schwere Arbeit vielleicht ein bisschen erleichterte. In dieser Nacht träumte sie davon, dass ihr Vater sie umarmen und sagen würde: »Wenn du wüsstest, Kiara, wie sehr ich mir so etwas schon immer gewünscht habe. Ich danke dir.« Und dann würde er sie ganz fest drücken.

So erfüllt war Kiara von ihrem Glück, dass sie es am nächsten Morgen, am 23. Dezember, nicht mehr aushielt, bis zum nächsten Abend zu warten.

»Ob ich es Papa mal zeige, das kleine Büro?«, fragte sie ihre Mutter.

»Dann ist es doch keine Überraschung mehr«, sagte die Mutter.

»Aber Papa weiß doch nicht, dass es sein Geschenk ist. Ich will ihn doch nur fragen, wie er es findet. Ach, Mama, ich halt es einfach nicht mehr aus. Nur so ganz kurz, dass Papa schon mal ahnt – er kriegt was Schönes. Er kann es doch bis morgen noch einmal vergessen.«

Und so geschah es. Zum ersten Mal seit langer Zeit klopfte Kiara an die Bürotür ihres Vaters. Sie war sehr aufgeregt und hatte hochrote Wangen.

»Ja, was ist denn?«, hörte sie ihren Vater.

Sie öffnete leise die Tür. »Ich wollte dir nur etwas zeigen.« Sie hielt das kleine Büro hinter dem Rücken versteckt. Schnell holte sie es nach vorn. »Wie findest du das, Papa?«

Ihr Vater war wie immer intensiv beschäftigt. Er war in irgendwelche Papiere oder Briefe vertieft und zog die Stirn in Falten.

»Guck doch mal, Papa. Wie findest du das?«

Kiaras Vater seufzte auf, weil er sich gestört fühlte. Er sah kurz auf das, was seine Tochter da in der Hand hielt:

»Ja, und? Was soll der Tinnef?«

Kiara hatte das Wort Tinnef noch nie gehört.

»Das ist doch … Ich dachte …«

»Kiara, du siehst doch, ich habe zu tun. Lass mich zufrieden mit solchem Kinderkram.«

Erst als sie in ihrem Kinderzimmer war, kamen Kiara die Tränen. Sie warf sich auf ihr Bett und weinte in die Bettdecke. Sie war so traurig, so traurig wie noch nie. In ihrer kleinen Seele tat sich eine richtige Wunde auf. »Ich bin so dumm, so schrecklich dumm«, sagte sie zu sich selbst. »Wie kann ich mir denn auch einbilden, zu wissen, was mein lieber, lieber Vater braucht. Er steht so hoch über mir und ich dummes Kind will ihm ein kleines Büro schenken. Dabei weiß ich doch noch nicht einmal, was er da draußen in der Welt bei seinen Kunden überhaupt macht.«

Ja, es tat weh, aber bei aller Enttäuschung schlief Kiara doch irgendwie in Ruhe ein. Sie war zu weit gegangen, dachte sie, sie hatte es sich zu einfach gemacht. Aber ihr Vater war ja immer noch da. Und dass er kein »kleines Büro« gebrauchen konnte, bedeutete doch nur, dass er eben viel größer war, ganz anders als sie dachte. Und er war eben ihr Vater. Auch dass er so schroff reagiert hatte, nahm ihm die kleine Kiara nicht übel. Nein, so musste es wohl sein. Ein Vater redet nicht lange herum. Er sagt, wie es ist, auch wenn die Wahrheit wehtut.

*

Die große Kiara allerdings, die heute schon 45 Jahre alt ist, erinnert sich noch immer an ein anderes Ende dieser Geschichte aus ihrer Kindheit. Das Schlimmste war nämlich, erzählt sie heute: Meine Mutter wusste natürlich, dass ich geweint hatte. Ich hatte es ihr gebeichtet.

»Es war doch richtig, dass ich Papa das Geschenk gezeigt habe. Er mag es nämlich überhaupt nicht leiden. Es ist nur Kinderkram für ihn und Pinneff oder so was.«

Am nächsten Tag, am 24., hörte ich durch die nur angelehnte Wohnzimmertür, wie meine Mutter meinem Vater Vorwürfe machte.

»Wie kannst du so rücksichtslos mit ihr reden. Sie hat sich so gefreut, und du sagst, das ist Tinnef. Hast du kein Gefühl für das Kind?«

Und darauf dann mein Vater, aufgeregt und richtig böse schnauzt er meine Mutter an:

»Verflucht noch mal, woher soll ich denn wissen, dass sie mir schon mein Geschenk zeigt. Ich denke, sie hat da irgendeinen Tinnef in der Hand. Aber noch ist es ja nicht zu spät: Wenn sie es mir heute Abend schenkt, werde ich schon pflichtschuldig sagen, dass es ganz toll ist und dass ich nach so was schon Jahre lange gesucht hab.«

Dann verschwand er schon wieder in seinem Büro.

Heiligabend hat er dieses »kleine Büro« natürlich nicht bekommen. Ich weiß noch genau, wie ich es unten im Treppenhaus in den großen Mülleimer geworfen habe. Aber die Gottähnlichkeit meines großen, weisen Vaters hatte den ersten Riss bekommen.

Die armen Reichen!

Wer viel besitzt, dem darf man nichts wegnehmen,
er steht dafür, dass Leistung sich auch lohnt.
Wenn Geld gebraucht wird, holt man es von denen,
die kaum was haben. Die sind das gewohnt.

Wer keine Arbeit hat, der muss auch nicht viel essen.
Er ruht sich sowieso meistens nur aus.
Nur wer im Wohlstand lebt, hat höhere Interessen:
enorme Kosten macht ja so ein großes Haus.

Du glaubst ja gar nicht: eine Yacht im Hafen
wie viel Liegeplatzgebühr man zahlt dafür.
Wer keine Yacht hat, kann auch ruhig schlafen,
er zahlt ja keine Liegeplatzgebühr!

Das Armsein hat so viele gute Seiten:
weil einem praktisch nichts passieren kann.
Dem Reichen aber droh'n Verlust, Konkurs und Pleiten:
in Wahrheit ist der Reiche doch der arme Mann.

Der Banküberfall

Bankräuber-Vater
Susanne, seine Tochter
Die kleine Susanne, 12 Jahre alt, sitzt am Computer in ihrer Dachkammer. Sie ist sehr konzentriert.

Ihr Vater kommt herein, er hat ein Stethoskop umgehängt, ein Brecheisen in der Hand und ein Zeichenblatt mit dem Grundriss von einer Bank.

Vater:
Susi, mach Schluss. Es ist so weit. Wir gehen auf Tour. Weihnachten ist die beste Zeit für'n fetten Bruch.

Susi:
Papa, bitte stör mich nicht. Ich muss mich konzentrieren.

Vater:
Kreissparkasse Elmshorn. Guck mal hier: die Zeichnung.
Er breitet die Zeichnung vor ihr auf dem Schreibtisch aus.
Das ist der Grundriss vom Tresorraum. Ede und ich steigen über die Kanalisation vom Supermarkt ein. Dazu bau ich ein Straßenarbeiter-Zelt überm Kanaldeckel auf.

Susi:
Lass mich zufrieden, Papa. Guck doch mal auf meinen Desktop hier. Ich bin grad drin bei Hoffmann-La Roche, mein Gott. Ich muss bis heute Abend die Rezeptur an meinen Auftraggeber weitergeben.

Vater:
Mädchen, dein Vater braucht dich. Du musst Schmiere stehn. Schalt deinen Scheißbildschirm aus und komm.

Susi:

Seufzt.

Ach, Papa, hör doch endlich mal auf mit deinen blöden Bankeinbrüchen. Das macht man heute nicht mehr. Das ist out. Das hier – diese Zeile hier – ist ein trojanisches Pferd, Papa. Das schmuggel ich denen jetzt in ihren Online-Key. Dann halten sie ihn für'n Virus, das sie eliminieren müssen. Aber das ist grade die Falle, dadurch aktivieren sie den Sicherheitscode und ich bin in ihrer Formel-Datei drin.

Vater:

Begreift nichts.

Du sollst aufhören, sag ich. Du musst bei uns Schmiere stehn. Ist schon schlimm genug, dass ich keinen Sohn hab. Der könnte den Bruch mitmachen. Aber wenigstens Schmiere kannst du stehn. Das befehl ich dir.

Susi:

Hör mal, Papa. Das sind doch alles viel zu kleine Fische da in deiner Sparkasse. Von meiner Formel hier hängt die Weltwirtschaft ab. Da schießen in den USA die Pharma-Aktien 20 Prozent in die Höhe, wenn sie wissen, dass mein Auftraggeber die Formel hat.

Vater:

Tief gekränkt.

Okay. Ich weiß Bescheid. Ich hab fünf Jahre im Bau gesessen, damit du es mal besser hast. Alles hab ich für dich und deine Mutter riskiert. Aber ist schon gut. Dann eben nicht. Ich brauch dich nicht. Dann gehen wir eben wieder hopp. Bist ja auch bloß ein Mädchen.

Will abziehen.

Susi:

Erbarmt sich endlich.

Papa, hör mal auf. Was ist denn überhaupt drin bei deinem Bruch da in Elmshorn?

Vater:

Wieder mit Hoffnung.

20 000 lassen die über Nacht mindestens in bar im Tresor.

Susi:

Tippt auf ihrer Tastatur.

Also gut. Pass auf. Das mach ich mit meinem Laptop. Karstadt, Frankfurt ... Da hab ich es schon. Das Kreditorenkonto. Warte mal. Augenblick. Ich muss kurz noch in die TAN-Nummern rein. So. Da haben wir sie ja schon alle. Deine Kontonummer?

Vater:

Meine Kontonummer? Was willste denn damit?
1342 56784. Bankleitzahl 200 51450.

Susi:

Okay. Schnell die Spur löschen.

Tippt wieder sehr konzentriert und blickt auf den Bildschirm.

So, Papa. 25 000 Euro holst du dir morgen von deinem Sparkassenkonto ab.

Vater:

Von meinem Konto? Mein Gott, Mädchen, begreifst du denn das nicht: Da ist doch nix drauf auf dem Konto.

Susi:

Morgen sind 25 000 drauf, Papa. Die kannst du abheben. Meinetwegen in bar. Aber bitte, Papa, nicht wieder die Maske dabei aufsetzen!

Der Schutzbrief

Ich stehe auf dem Bahnsteig der U-Bahn und denke an nichts Böses, sehe mir verträumt die Weihnachtswerbeplakate an. Das Christkind als Mobiltelefon-Engel. Ach, wie geschmackvoll. Da spricht mich plötzlich eine Frau von hinten an – die Stimme kenne ich: »Ach guten Tag, Herr Scheibner. So allein unterwegs. Wo haben Sie denn Ihre Frau gelassen?«

Das ist Frau Schuhmacher aus der Parallelstraße. Ich habe sie lange nicht gesehen. Aber die hat mir grade noch gefehlt. Ein Mundwerk wie ein Wasserfall. Soll ich mir jetzt etwa die ganze U-Bahn-Fahrt das Geplapper von Frau Schuhmacher anhören? Aber ich weiß ja, was sich gehört: »Ach, wie nett, Sie mal wieder zu sehen, Frau Schuhmacher!«, sage ich. »Meine Frau ist mit den beiden Kindern nach Portugal gefahren. Die kommen erst vier Tage vor Weihnachten zurück.«

»Ach so. Das wusste ich ja gar nicht.« Muss man sich mal vorstellen: Sie wusste etwas nicht, was in ihrer Nachbarschaft vor sich ging. Darum muss sie sich auch gleich näher informieren: »Mit der Bahn oder mit dem Auto?«

»Mit unserem Caravan«, sage ich. Und um ihr gleich noch etwas mehr Informationen zu geben: »Ich muss ja hierbleiben wegen der Renovierung. Aber ich hab schon vier Tage nichts mehr von ihnen gehört.«

Da macht die Schuhmacher ein ganz wichtiges, besorgtes Gesicht: »Aha«, sagt sie. »So, so. Haben Sie denn einen ADAC-Schutzbrief?«

»Einen was?«, sage ich. »Ich weiß nicht so genau. Wir schreiben uns gar keine Briefe mehr. Alles nur noch über Mail und Facebook und SMS.«

»So meine ich das nicht«, sagt die Schuhmacher. »Ich meine: wenn etwas passiert ist. Dann braucht Ihre Frau unbedingt einen ADAC-Schutzbrief. Wir haben ja sooo gute Erfahrungen damit gemacht!«

Was soll ich darauf sagen? »Na ja«, sage ich. »Meine Frau denkt ja immer an alles. Sie wird schon so einen Brief haben. So einen Schutzbrief. Da bin ich mir ganz sicher.«

Frau Schuhmachers Miene wird immer gewichtiger: »Also, als wir damals unseren Unfall hatten bei Verona«, sagt sie. »Fabelhaft, sage ich Ihnen. Die haben einfach alles für uns geregelt. Es ging ja schon damit los, dass mein Mann sich am Tag vorher auf seine Brille gesetzt hatte. Ein Anruf beim ADAC: Ja, ist in Ordnung. Ersatzbrille wird bezahlt.«

»Na, das ist ja mal anständig«, sage ich. Was soll ich auch sonst sagen. Sie haben ihm also seine Brille ersetzt. Interessant.

Aber das war von der Schuhmacher ja nur die Einleitung: »Hätte er gleich eine Ersatzbrille gehabt, wäre der Unfall ja gar nicht passiert!«, ruft sie aus, um ohne Luft zu holen hinzuzufügen: »Der Wagen war ja zusammengequetscht wie eine Briefmarke!«

Ich bin in solchen Sachen sehr sensibel.

»Um Gottes willen«, sage ich, »wie eine Briefmarke?«

»Ja, was dachten Sie denn?«, fragt die Schuhmacher geradezu vorwurfsvoll. »Aber die haben alles bezahlt, also die Verschrottungskosten im Ausland. Anstandslos. Und den ganzen Papierkram haben die für uns erledigt. Sogar noch das Großraum-Taxi zum Flughafen. Wegen unserem Marek. Er lag ja auf der Trage und musste in Deutschland operiert werden.«

»Auf der Trage?«, sage ich – als ob ich schwerhörig wäre. Und schließe dann ganz messerscharf: »Ihr Sohn hat sich dabei verletzt?«

»Ja, was dachten Sie denn?«, sagt die Schuhmacher. Und fügt dann fast wie nebenbei hinzu: »Querschnittsgelähmt. Aber die haben alles bezahlt. Sämtliche Flugkosten und alle Formalitäten haben sie erledigt. Auch die Rückführung von meinem Mann in diesem Zinksarg. Alles bezahlt.«

Ich reiße mich zusammen. Trotzdem kann ich mein Erschrecken nicht so ganz verbergen: »Um Gottes willen – Ihr Mann ist tot?«, frage ich. Wieder ganz messerscharf kombiniert.

»Mein Beileid.« Ich weiß doch, wie gesagt, was sich gehört.

»Ja, was dachten Sie denn?!«, sagt die Schuhmacher. Womit sie ja recht hat. Wenn er schon im Zinksarg transportiert wird, liegt der Gedanke ja nahe, dass er nicht mehr lebt.

Die Schuhmacher lässt sich jedoch nicht unterbrechen. »Aber die haben alle Flüge bezahlt. Auch meinen Flug. Ist das nicht anständig? Wenn wir keinen Schutzbrief gehabt hätten! Oha! Ohne Schutzbrief rennen Sie sich die Hacken ab bei den Behörden. Versuchen Sie mal, die Leiche Ihrer Frau ohne Schutzbrief von Portugal nach Deutschland zu überführen. Da können Sie verzweifeln, das kann ich Ihnen sagen!«

»Danke für den Tipp, Frau Schuhmacher. Da muss ich mich dann wohl gleich mal drum kümmern.« Damit dachte ich, dieses poetische Gespräch abschließen zu können. Aber meine Nachbarin holt noch einmal tief

Luft und setzt noch einen Trumpf drauf: »Und dann stellen Sie sich mal vor: Dann haben die mir vom ADAC noch sechs Wochen später die Kosten für die Ersatzbrille erstattet. Ich meine, da brauchte mein Mann sie natürlich nicht mehr. Aber ist das nicht anständig? Ein fabelhafter Service, sage ich Ihnen.«

Dann war die U-Bahn da – und ich bin schnell in den übernächsten Wagen eingestiegen.

Sicherheitsmaßnahmen

Mein Freund Walther schob sein Fahrrad neben sich her und führte seinen Hund Willy an der Leine.

»Willy«, sprach mein Freund Walther zu seinem Hund (mein Freund Walther bespricht alle großen Probleme des Lebens und der Politik immer nur mit seinem Hund Willy):

»Willy«, sagte er, »wir müssen jetzt schnellstens alle Sicherheitsmaßnahmen für Heiligabend und Weihnachten treffen. Elsbeth hat schon wieder große Angst vor Heiligabend und Weihnachten. Sie jammert schon wieder: ›Die meisten Familientragödien passieren über Weihnachten. 3 000 Scheidungen werden jedes Jahr über Weihnachten ausgelöst. Morde und Selbstmorde. Tote und Verletzte jedes Jahr. Und die vielen Katastrophen durch Alkohol und verdorbenen Magen. Und dann die Tannenbaumbrände. O Gott, o Gott – wenn wir das bloß wieder alles heil überstehen.‹

Tagelang liegt sie mir damit schon wieder in den Ohren. Na ja, ganz unrecht hat sie nicht, Willy. Es geht ja schon vor Weihnachten los.«

In dem Augenblick kommt den beiden ein Mann im grauen Mantel entgegen, er lässt den Kopf hängen und hebt kaum noch die Füße beim Gehen an. In einer Hand hält der Mann einen Strick, den er baumeln lässt.

»Das ist doch Herr Reimers, Willy«, sagt Walther. »Meine Güte, was ist denn los mit dem?« Und zu dem Mann: »Guten Tag, Herr Reimers, ich wünsche Ihnen fröhliche Weihnachten und einen guten Rutsch ins neue

Jahr.« Der Mann bleibt stehen und antwortet nicht. »Was haben Sie denn da in der Hand?«, fragt Walther.

»Das sehen Sie doch«, sagt der Mann. »Ich will mich aufhängen.«

Willy macht wau-wau! Walther sagt: »O Gott, nein, Herr Reimers, das dürfen Sie nicht tun! Geben Sie den Strick her! So schlimm ist es doch auch wieder nicht.« Walther hat ihm den Strick abgenommen, aber der Mann schlurft lebensmüde weiter.

»Herr Reimers hat nämlich seinen Lappen verloren«, erklärt Walther seinem Hund. »Hat seine Frau uns schon erzählt. Es soll eine ganz tolle Weihnachtsfeier in seiner Firma gewesen sein mit Julklapp, mit Glühwein und Punsch. Aber dann musste er ins Röhrchen blasen, der arme Mann. Für den ist Weihnachten gelaufen.«

Walther und Willy stehen vor der Apotheke. Walther bindet seinen Hund draußen an. »Warte, Willy«, sagt er. »Ich komm gleich wieder. Ich kauf eine große Flasche Baldriantropfen.« Er kommt wieder raus aus der Apotheke und erklärt seinem Hund: »Die sind für unsere Tochter Margret, Willy. Wenn sie Heiligabend wieder ihren großen Tränenausbruch kriegt, weil ihr Horst-Rüdiger, ihr verheirateter Geliebter, Heiligabend wieder bei seiner Familie feiert und nicht mit ihr – dann können wir ihr diese Tropfen in den Tee tun, damit sie sich wieder beruhigt.«

An der Tankstelle kauft Walther für zwei Euro ein Stück Kaminholz und zeigt es seinem Hund: »Hier, Willy, beiß mal in dies Holz!« Das tut Willy gern und will damit weglaufen. Walther nimmt es ihm wieder ab, wischt es ein bisschen mit seinem Taschentuch ab und beißt selber in das Holz. »Rrrrrrrrr! – Das ist mein Beißholz. Ich leg es unter den Tannenbaum. Wenn mein Schwager

Gerhard kommt, der pensionierte Deutschlehrer, und wieder anfängt, unsere Enkelkinder zu terrorisieren. ›Zeigt mir doch mal eure Zeugnisse!‹ oder sie andauernd dazu anhält, richtiges Deutsch zu sprechen. ›Es heißt nicht: das Schloss vom Fahrrad. Es heißt: das Schloss des Fahrrades. Sprecht mir das bitte nach.‹ Ja. dann beiß ich in mein Beißholz und streck ihm nicht wieder die Zunge raus wie voriges Weihnachten.«

Dann kauft Walther noch einen großen Feuerlöscher ein und einen besonders großen Wassereimer sowie zwei Schutzhelme und drei Tüten Sand. Die lädt er alle in den Tragekorb auf seinem Gepäckträger. »Was den Tannenbaumbrand angeht, Willy, kann Elsbeth jetzt beruhigt sein. Wir werden auch während der Bescherung unsere Schutzhelme aufbehalten, und ich werde mich mit dem Feuerlöscher neben den Tannenbaum setzen. Wir haben zwar elektrische Kerzen – aber Elsbeth sagt ja, bei einem Kurzschluss kann der Tannenbaum trotzdem anfangen zu brennen. Ich komm mit dem Feuerlöscher und sie kann noch Wasser über alles gießen mit dem großen Eimer und dann noch den Sand zum Löschen drüberschütten. Die Wohnung wird danach zwar nicht mehr zu gebrauchen sein, aber wir überleben, Willy.«

Und dann sieht Walther noch seinen Hund an und überlegt: »Weißt du was, Willy, für dich nehme ich die Aluminiumdecke aus meinem Erste-Hilfe-Koffer. In die Aluminiumdecke wirst du Heiligabend eingewickelt, dann bist du feuerfest ausgerüstet. Jawoll, so können wir Heiligabend einigermaßen gelassen entgegensehen.«

Weltrekord

Hermann und Hermine, das Rentner-Ehepaar.
Sie liest die Zeitung, er löst gerade ein Kreuzworträtsel.

Hermine:
Weißt du, was ein Fuß ist, Hermann?

Hermann:
Was soll das?

Hermine:
Ein Fuß, mein ich. Was ist für dich ein Fuß?

Hermann:
Meine riechen jedenfalls nicht, wenn du das meinst.

Hermine:
Ein Fuß ist eine Maßeinheit, Hermann. In Amerika messen sie nach Füßen.

Hermann:
So. Und was geht mich das an?

Hermine:
Ein Kubaner, Mister Sotomeyer, der ist acht Fuß hochgesprungen, stell dir das mal vor. Acht Fuß hoch.

Hermann:
So. Und wie hoch ist das?

Hermine:
Wieso, wie hoch? Sag ich doch grade: Acht Fuß ist er hochgesprungen. Das ist Weltrekord.

Hermann:
Damit kann ich nichts anfangen. Wie hoch ist das denn? In Metern und Zentimetern.

Hermine:
Nicht ganz zwei Meter vierundvierzig.
Hermann:
Nicht ganz? Wie viel denn nun genau?
Hermine:
Ein Fuß, das sind dreißigkommavieracht Zentimeter, acht Fuß sind zweikommavierdreiachtvier Meter, also einskommasechs Millimeter weniger als zwei Meter vierundvierzig.
Hermann:
Das ist ja furchtbar. So ne krumme Zahl kann man doch nicht als Weltrekord anerkennen.
Hermine:
Wieso? Acht ist doch keine krumme Zahl.
Hermann:
Nee, Acht nicht. Aber zweikommavierdreiachtvier.
Hermine:
Ja, davon spricht doch gar keiner. Er wollte doch gar keine Meter und Zentimeter hochspringen.
Hermann:
Ist er aber doch. Er ist doch zweikommavierdreiachtvier hochgesprungen.
Hermine:
Er ist acht Fuß hochgesprungen.
Hermann:
Ja, acht Fuß sind doch zweikommavier und paar Zerquetschte.
Hermine:
Dafür kann er doch nichts. Als er Anlauf genommen hat, hat er gar nicht an Meter und Zentimeter gedacht. Er hat nur gedacht: Ich will der erste Mensch sein, der acht Fuß hochspringt. Und hops war er drüben. Und jetzt hat er den Weltrekord.

Hermann:

Ach was. So ne krumme Zahl kann man doch nicht als Weltrekord anerkennen.

Hermine:

Er kann doch nichts dafür, dass unsere Zahlen so krumm sind!

Hermann:

Ach, unsere Zahlen sind krumm? Das ist ja nun das Letzte!

Hermine:

Seine acht Fuß sind jedenfalls schön glatt und grade!

Hermann:

So ein Quatsch! So ein krummer Weltrekord.

Hermine:

Nee, Hermann. Das ist man bloß zu hoch für dich. Und für alle Leute, für die ihre Welt die einzig mögliche ist. Hahaha.

Mein Kanonenschlag

Achtung, ich zünde ihn jetzt. Ich hol schon mal das Feuerzeug raus – und gleich geht's los. Das wird einen Riesenkrach geben. Bumm! Halten Sie sich lieber die Ohren zu!

Was ist los? Ich soll das lieber sein lassen? Diese blöde Silvesterknallerei kostet doch nur Geld? Das könnte man viel besser anlegen? Millionen werden in die Luft geschossen? Dabei gibt es so viel Not auf der Welt? Brot könnte man dafür kaufen, für die Hungernden? Ja, ist ja großartig.

Das ganze Jahr interessiert sich kaum einer für die Hungernden auf der Welt – aber die Böllerschüsse und Kanonenschläge sollen es dann retten! Ich sage Ihnen etwas: Mein Kanonenschlag, den ich gleich loslassen werde, ist eine politische Tat. Einmal im Jahr will ich mich auch wie einer von den Politikern fühlen: »Seht her, Leute, ich bin mal wieder unheimlich aktiv. Gleich wird es einen großen Knall geben. Ihr dürft schon mal gespannt sein!«

Das ganze Jahr über lassen sie ihre Böllerschüsse und Knallerbsen los und ihre Wunderraketen: »Achtung, Achtung! Alle mal herhören: Die Renten sind sicher! Achtung, gleich steigt sie auf, die Wunderrakete. Die Krankenkassenbeiträge werden gesenkt. Passt auf, wir lassen es krachen! Wir zünden schon mal die Zündschnur an für die große Arbeitsbeschaffungsrakete. Seht mal alle her: Wenn sie erst mal aufsteigt, dann regnet es Arbeitsplätze. Ihr werdet Aaaah und Ooooh rufen, so wunderbar wird es, wenn sie hoch oben am Himmel steht!«

Na ja, und dann? »O, das tut uns aber leid: Der Zünder muss wohl nass gewesen sein, ist gar nicht richtig losgegangen, die große Wunderrakete, na ja, das kann ja mal vorkommen.«

Also – ich zünde jetzt meinen Kanonenschlag – als politische Tat. Achtung, bitte etwas zurücktreten: Bummm! Es hat gekracht, die Fetzen fliegen. So. Und jetzt? Jetzt gar nichts mehr.

Sagte ich doch: eine politische Tat.

Prost Neujahr, liebe Freunde.

Hinweis und Dankeschön

Die Texte »Eigentlich ist sie ja noch eine Jungfrau«, »Das Rotkäppchen-Lied«, »Den Menschen ein Wohlgefallen«, »Ja, wenn die Welt verkehrt rum wär …« und »Ein Engelsgesang« sind von Hans Georg Moslener für die Bühnenaufführungen vertont und arrangiert. »An der Eisbahn« und »Der Tante-Emma-Laden« hat Berry Sarluis vertont. Dazu gibt es die CD »Ich glaube an den Weihnachtsmann«, Order-Nr. 220804–215.

Kontakt-Adresse für Veranstaltungen mit dem Programm »Wer nimmt Oma?«, Kleinkunstkonzert KKK, 040 6054420.

Für Kritik, Anregungen, Einfälle und viel Geduld danke ich ganz besonders meiner lieben Frau Petra und meinem Freund Andreas Nowak sowie meiner Lektorin Ulrike Seidemann für ihre sehr einfühlsame Textbearbeitung.